BRITNEY & LYNNE SPEARS
DAS LIED DER LIEBE

Über die Autorinnen

Britney Spears scheint es sich zur Lebensaufgabe gemacht zu haben, einen Rekord nach dem anderen zu brechen. Ihr Debütalbum ... *Baby One More Time* machte sie zur jüngsten Künstlerin, die jemals die magische Grenze von zehn Millionen verkauften Exemplaren überschritt. Ihr zweites Album *Oops! ... I Did It Again* verkaufte allein in der ersten Woche über 1,3 Millionen Exemplare und setzte bis heute über 17 Millionen CDs weltweit um. Aber Britney Spears ist nicht nur eine talentierte Sängerin, geborene Entertainerin, und nun auch beliebte Autorin, sondern auch ein Phänomen: Ein Megastar nämlich, der immer noch, ganz egal von wo auf der Welt, jeden Abend seine Mutter anruft.

Lynne Spears hat mehrere Jahre an einer Schule in Kentwood, Louisiana, unterrichtet. Sie und ihr Mann Jamie sind die Eltern von Bryan, Britney und Jamie Lynn Spears.

BRITNEY & LYNNE SPEARS

DAS LIED DER LIEBE

Roman

Aus dem Amerikanischen
von Ulrich Hoffmann

Knaur

Die amerikanische Originalausgabe erschien 2001 unter dem Titel
A Mother's Gift bei Delacorte Press,
an imprint of Random House Children's Books, a division of
Random House, Inc, New York.

Besuchen Sie uns im Internet:
www.knaur.de

Deutsche Erstausgabe November 2001

Redaktion: lüra-Klemt & Mues GbR
Umschlaggestaltung: ZERO Werbeagentur, München,
unter Verwendung des Covers der amerikanischen
Originalausgabe von Liney Li
Umschlagabbildung: Vorderseite © 2001 by Edie Baskin / Corbis
Outline, Rückseite © 2001 by Sheryl Berk
Umbruch: Ventura Publisher im Verlag
Druck und Bindung: Clausen & Bosse, Leck
Printed in Germany
ISBN 3-426-62127-4

2 4 5 3 1

Für meine Tochter Britney.
Ich danke dir so sehr dafür, dass du deine wertvolle Zeit mit mir teiltest, um diese Geschichte zu vollenden.
L.

Für meine Mutter.
Dies wird eine weitere Erinnerung sein, die wir unserer Liste gemeinsamer Erfahrungen zufügen. Ich danke dir für dein Vorbild, deine Liebe, deine Freundschaft und deinen Sinn für Humor.
B.

Schöne Gesichter haben
Die gute Geister in sich tragen

McGUFFEYS LESEBUCH

Kapitel eins

TRATSCH IST DIE Muttersprache in kleinen Südstaaten-Dörfchen. Biscay, Mississippi, war da keine Ausnahme. Kichernd und flüsternd zog der Tratsch über die Schulhöfe, sickerte in die Coffee-Shops und die Kirchen. In Biscay drehte sich die ganze Welt um Klatsch und Tratsch.

Biscay war ein kleines Städtchen mit höchstens zehntausend Einwohnern. »In Biscay ist der Hund begraben«, fand dort jeder unter sechzehn.

Und das war nicht ganz falsch.

Biscays einzige Anbindung an einen Highway bestand noch nicht mal aus Beton, sondern bloß aus zwei Spuren verformten Asphalts mit derart tiefen Schlaglöchern, dass man sich sogar stabile Gürtelreifen kaputtfahren konnte. Die alte Straße war der

Grund dafür, dass keine Fastfood-Kette jemals in Biscay eine Filiale eröffnet hatte. Es gab auch keine der großen Tankstellen, mit einem Supermarkt und Selbstbedienungs-Tanksäulen, in die man seine Kreditkarte einschieben musste. Das größte Geschäft, die Post, war der einzige Grund, dass Biscay überhaupt als Stadt zählte. In Biscay gab es kein Einkaufszentrum. Dafür musste man mit zwei verschiedenen Bussen den ganzen Weg bis nach Hattiesburg fahren.

Die Kinder, die in Biscay aufwuchsen, hatten keine große Wahl, was ihre Zukunft betraf. Manche hörten früh mit der Schule auf, um ihren Eltern auf der Farm zu helfen. Ein paar schafften es, irgendwo aufs College zu gehen. Aber die meisten blieben einfach da. Sie suchten sich Arbeit. Sie heirateten. Sie wurden älter.

In Biscay veränderte sich das Leben nicht.

Doch etwas Besonderes gab es auch in Biscay: ein geflüstertes Geheimnis, ein hässliches Gerücht, das die Kinder nicht erwähnen durften, ohne von ihren Müttern getadelt zu werden. Die tragische Ironie des Ortes lag darin, dass das Aufsehenerregendste, was je in Biscay passiert war, gleichzeitig etwas war, was alle Bewohner am schnellsten vergessen wollten. Es hieß nur noch, es sei einmal etwas Schreckliches geschehen, und dabei seien sogar Menschen zu Tode gekommen.

Mehr erfuhren Fremde nicht. Und auch das erzählten die Bürger der Stadt nur denjenigen, die beharrlich nach diesem merkwürdigen Eckchen verbrannter Erde fragten, das immer noch hässlich in einer Ecke Biscays zu finden war. Vielleicht würden die seelischen Wunden, die immer noch tief saßen, irgendwann einmal heilen.

Das hofften wenigstens alle.

* * *

»Es geht los, Mama!«, rief die vierzehnjährige Holly Faye Lovell und stieß geübt mit der Hüfte seitlich gegen den alten Fernseher. Das grauverschneite Bild verschwand, dann erschien es in blassen Farben wieder. Holly ließ sich neben ihre Mutter auf die uralte, aber gemütliche braune Couch fallen. Die bekannte Melodie des Titelsongs der *Haverty Talentstunde* hallte durch das kleine Haus.

Hollys Mutter Wanda bediente sich an dem heißen, gebutterten Popcorn aus der Schüssel auf dem Couchtisch. »Ich bin gespannt, was wir heute zu sehen bekommen.«

Holly grinste. Ihre Mutter sagte jede Woche dasselbe.

Alle in Biscay schauten sich die *Haverty Talentstunde* an. Es war fast wie ein Gesetz. Holly war davon überzeugt, dass sie Musik schon geliebt hatte, bevor sie auch nur laufen konnte – ihre Mutter hatte immer dafür gesorgt, dass sie zu ihrem Leben gehörte. Sie erwachte zu Elvis (geboren in Tupelo, Mississippi, besten Dank), verbrachte den Tag im Takt der Top 40 und schlief dann bei *easy listening* ein.

Und Freitagabend trafen sie sich regelmäßig vor dem Fernseher.

»Tut mir Leid, ich habe schon eine Verabredung«, hatte Holly zu Tyler Norwood gesagt, als er sie das erste Mal fragte, ob sie freitags mit ihm und seinen Freunden mit ins Ten Pin Lanes käme. Jedes Mal, wenn sie ihm absagte, sah sie die Enttäuschung in seinem Gesicht, und fühlte sich schließlich verpflichtet, ihm die Wahrheit zu sagen – ihre große Verabredung hatte sie mit ihrer Mutter.

Die berühmte Haverty School of Music and the Performing Arts in Hattiesburg strahlte allwöchentlich eine Sendung aus, in der die besten Schülerinnen und Schüler musizierten und sangen. Jede Woche gab es etwas anderes zu sehen. Wanda liebte vor allem die Arien, die ihre hübschen roten Lippen immer zum Lächeln brachten. Keine von beiden war ein großer Opern-Fan (Holly fragte sich immer, wieso Sänger, die klug genug waren, eine fremde Sprache zu erlernen, nicht auf Englisch sangen, damit die Zuhörer auch verstehen konnten, worum es in den Liedern eigentlich ging), doch sie saßen jedes Mal ehrfürchtig schweigend da, wenn eine Schülerin oder ein Schüler sich an einer Arie versuchte, und sie applaudierten wie die Wilden, wenn sie oder er es geschafft hatte.

Holly liebte es besonders, wenn jemand einen alten Gospel sang. Dann ließ sie die emotionale Kraft der Worte über sich hinweg strömen. Zudem stand Holly noch auf Country-Music. Allerdings kam sie gut ohne die Songs aus, in denen sich die Leute so schrecklich Leid taten: Songs, in denen einem jemand an der Bushaltestelle über den Fuß fuhr – oder in denen ein Ehemann mit der besten Freundin der Frau durchbrannte und diese barfuß und heulend in der Küche zurückließ.

Am liebsten aber hörte Holly Pop-Musik: Die Lieder, die im Radio gespielt wurden, waren die Songs, die ihr unter die Haut gingen und die sie und ihre Mutter spontan aufspringen und tanzen ließen. Und sie lachten, wenn sie dabei gegen die Möbel stießen.

Holly hatte immer schon davon geträumt, eine Schülerin in Haverty zu sein. Sie hatte sich gefragt, wie es wohl wäre, auf diese Bühne zu treten und ein Lied zu singen. Aber Haverty war nichts für normale Menschen wie sie und ihre Mutter und ihre Freunde. Nach Haverty kamen nur die Besten und die Klügsten aus dem ganzen Land – und die Schüler, deren Eltern so reich waren, dass sie das Schulgeld bezahlen konnten.

Holly und Wanda hatten nur wenig Geld.

Wanda Lovell galt allerdings als die beste Schneiderin in der Gegend. Sie hatte einen eigenen Laden, Wandas Schneiderei, der sich in ihrem Haus in Biscay befand. Sie besaß eine neue Singer-Nähmaschine, die sie ein Jahr zuvor günstig bei Wal-Mart erstanden hatte. Aber dennoch nähte sie häufig lieber mit der Hand. Und es gab niemanden, der eine ihrer handgearbeiteten von einer maschinengenähten Naht unterscheiden konnte.

Wanda nähte alle ihre Kleider selbst und auch alle Kleider, Blusen, Hosen und Shorts, die Holly trug. Sie besserte Kleidungsstücke aus, und so manches Loch verschwand spurlos unter ihren Händen. Das Geschäft lief gut. Und wenn sie auch niemals in die Top-500-Liste von *Fortune* aufgenommen werden würde, verdiente sie immerhin so viel Geld, dass Holly und sie davon leben konnten. Sie mussten einfach nur auf die Pennys achten – und zuweilen auch auf die Nickels und die Dimes.

Als Erster trat an jenem Abend ein sehr dünner Junge in einer khakifarbenen Hose und einem weißen Rollkragenpullover in der *Haverty Talentstunde* auf. Wie es schien, war er ungefähr so alt wie Holly. Zunächst stellte er sich vor, dann setzte er sich an ein Klavier und begann Beethovens *Mondscheinsonate* zu spielen, ein klassisches Stück, von dem Holly annahm, dass sie es schon einmal in einer Waschmittelwerbung gehört hatte.

»Er ist sehr gut«, sagte Hollys Mutter und nickte anerkennend mit dem Kopf.

»Er spielt ganz okay«, gab auch Holly zu. Sie hatte gehofft, dass die Sendung spannender beginnen würde. Sie stellte sich vor, dass der Junge plötzlich zum Publikum blickte und dann einen Heavy-Metal-Song anschlug, und das Publikum konnte nur noch staunen. *Das* wäre aufregend.

Es begann zu dämmern und Wanda machte die kleine Tiffanylampe, eine Imitation, an, die das ganze Wohnzimmer in rosafarbenes Licht tauchte. Holly betrachtete ihre Mutter für einen Augenblick. Sie war sehr hübsch, mit braunen Locken, die ihr gerade bis über die Schultern reichten, und warmen, mandelförmigen Augen. *Wenn da nicht dieses Muttermal wäre ... dann wäre sie wirklich wunderschön, sogar für eine Mama*, dachte Holly, und schämte sich schließlich dafür, dass sie die Mutter so kritisch beurteilte.

Aber es stimmte nun einmal. Es lag an dem Muttermal, dass man Wanda Lovell nicht wirklich als Schönheit bezeichnen konnte.

Etwa sechs Zentimeter war das rote Mal breit, und es zog sich über die eine Seite von Wandas rundem Gesicht, von der schmal gezupften Augenbraue hinunter bis zum Kinn. Das Feuerrot des

Mals bildete einen auffälligen Kontrast zu Wandas leicht gebräunter Haut.

Holly war es gewohnt, dass manche Leute Wanda nur kurz anschauten und sofort wieder wegsahen, weil sie nicht dabei erwischt werden wollten, wie sie Wanda anstarrten. Die Unsicherheit dieser Leute war jedoch genauso auffällig wie Wandas Muttermal. Aber die meisten Leute in Biscay kannten Wanda, und ihr Muttermal war keine große Sache mehr. Es gehörte einfach zu Wanda Lovell.

Holly und Wanda standen einander näher als viele andere Mütter und Töchter, die Holly kannte. Es gab nichts, was sie ihrer Mutter nicht erzählen konnte – auch über Sex konnte sie mit Wanda offen sprechen. Es gab allerdings auch nichts, von dem sie ihrer Mutter nicht hätte berichten können.

Wanda erzählte immer wieder gern die Geschichte von Hollys Erstklässlerschwarm. Holly hatte auf einem Stuhl gestanden, die Lippen gespitzt und darauf gewartet, dass der kleine Tucker Ritchie sie küssen würde. Nachdem sie laut bis drei gezählt hatte, sich aber nichts ereignete, öffnete sie wieder die Augen und sah Tucker gerade noch davonlaufen. Danach hatte Holly Wanda gefragt, was denn bloß schief gelaufen sei.

»Nächstes Mal musst du schneller zählen oder noch besser schon bei eins aufhören«, hatte ihre Mutter ihr ernsthaft geraten.

Da war Holly klar, dass sich ihre Mutter auch in Liebesdingen auskannte.

Ein Geräusch an der Tür riss Holly aus ihren Gedanken. Es dauerte nur eine Sekunde lang, dann erkannte sie die Schritte.

»Haben wir irgendetwas verpasst?« Juanita Weaver und Ruby Simmons traten ein, sie legten ihre kleinen, überfüllten Handtaschen auf dem Küchentisch ab und umarmten Wanda und Holly. Danach nahmen sie ihre üblichen Plätze in den beiden Schaukelstühlen ein.

Juanita und Ruby waren Wandas langjährige Freundinnen, und mittlerweile waren sie auch zu Hollys Freundinnen geworden.

»Noch nicht«, antwortete Holly. Sie fragte sich jedes Mal, wie es Juanita gelang, ihre schwarzen Haare derart zu toupieren, dass sie beinahe die Decke streiften.

»Tut mir Leid, dass wir zu spät sind – aber es kam noch jemand vorbei, der sich für eins von Fifis Jungen interessierte. Jetzt haben wir für fast alle Jungen ein Zuhause gefunden.« Fifi war Juanitas Pudel, ein zierliches Schoßhündchen, und sicherlich der verwöhnteste Kläffer im ganzen Süden. Vor zwei Monaten hatte die Pudeldame Junge geworfen und Juanita hatte nun alle Mühe, sie bei tierlieben Familien unterzubringen.

Juanitas Hochfrisur wirkte heute ein bisschen mitgenommen, aber ihr rosa leuchtender Lippenstift und das frisch gestärkte Blumenkleid machten das mehr als wett. Sie hatte einen Friseursalon im Keller ihres Hauses – den Shear Magic Salon – und war für die modischen Hochfrisuren und Haartollen auf Biscays Straßen verantwortlich.

Holly allerdings vertraute ihr dichtes, honigblondes Haar niemals irgendwelchen rot manikürten Händen an, um sich eine solche Frisur machen zu lassen – um keinen Preis würde sie jemals eine solche Bienenstockfrisur tragen. Glücklicherweise akzeptierte Juanita das.

»Wow! Der kann aber mit den Elfenbeinklötzchen umgehen«, sagte Juanita, deren Finger auf der

Armlehne des Schaukelstuhls zur Musik trommelten.

Ruby stellte einen Teller Pecantörtchen auf den Couchtisch. Und auf ihren rosa Wangen bildeten sich Grübchen. »Etwas zum Naschen, die Damen.« Sie zwinkerte Holly zu, die sich sogleich die Lippen leckte.

»Ich habe gehofft, dass du welche mitbringst«, sagte Holly, bevor sie einen Bissen nahm. Rubys Pecantörtchen waren im Hause Lovell äußerst beliebt. Genau wie Rubys *Devil's food cake* ... oder der warme Apfelstrudel ... oder die üppige Zitronensahnetorte – einfach alles, was Rubys Backkunst hergab.

Während der Junge weiterspielte, stand Wanda auf und lief in die Küche. »Ich setze uns Kaffee auf.«

Wandas Herzlichkeit und Hollys Gesang machten ihr Heim zu einem Ort, den die Freunde gern besuchten.

»Ich habe von einem Buch gehört, das dich beschreibt«, sagte eine der Freundinnen zu Wanda. Es trägt den Titel: *Wenn du Zitronen hast, mache Limonade daraus.*

»Damit kann ich nicht gemeint sein«, erwiderte Wanda. »Wer kann sich schon Zitronen leisten? Ein Buch über mich müsste den Titel tragen: *Wenn du Ketchup und Wasser hast, mache Tomatensuppe daraus.*«

Die meisten Teenager fänden es wahrscheinlich langweilig, den Freitagabend mit ein paar erwachsenen Frauen zu verbringen, aber Holly fand das gar nicht langweilig. Natürlich hätte sie nichts dagegen einzuwenden gehabt, mit Tyler etwas zu unternehmen, doch nachdem sie ihm erklärt hatte, dass sie die Freitagabende immer mit ihrer Mutter verbrachte, fand er das schließlich sogar total cool. Freitag war eben Mutter-Tochter-Zeit, wie Wanda es immer nannte. Sie lachten gemeinsam über die abgefahrenen Klamotten, die einige der Haverty-Schüler trugen, oder sie schüttelten erstaunt die Köpfe über so viel Talent. Doch diese Abende bedeuteten mehr, als bloß eine Fernsehsendung anzuschauen.

Sie verbrachten ihre Zeit zusammen. Und schließlich hatten sie nur einander.

Hollys Vater war bereits vor vielen Jahren gestorben, als sie noch ein Baby war. Ihre Mutter sprach nicht gern darüber. Sie hatte noch nicht einmal Fotos von ihm aufgehoben. Holly fragte sich häufig, wie er ausgesehen haben mag, und ob sie ihm ähnlich sei – hatte er Karamell-Popcorn ebenso geliebt, wie sie es tat? Hatte er über die gleichen Witze lachen können? Und waren seine Augen genauso kristallblau gewesen wie ihre?

Es gab so viele Fragen und nie genug Antworten – niemals überhaupt irgendwelche Antworten.

»Oh, seht euch bloß mal die an, Mädels«, sagte Ruby und biss in ein Pecantörtchen. Auf die Bühne der *Haverty Talentstunde* kam ein Mädchen in einem glänzenden lavendelfarbenen Top mit passender Hose stolziert. Das Mädchen nickte Frank Shepherd, dem Show-Master, zu, und reckte kurz darauf seinen Kopf zum Mikrofon vor. »Ich heiße Melody Gates und ich werde ›I Will Always Love You‹ singen«, sagte es selbstbewusst.

»Ich schätze, die Eltern wussten bereits, als sie einen Namen für ihre Tochter suchten, dass sie singen kann«, sagte Wanda lächelnd, als sie mit einem Tablett Kaffeetassen zurückkehrte.

Holly runzelte die Stirn. »Sei leise, Mom! Ich möchte hören, wie sie singt.«

Die Stimme des Mädchens war klar und kräftig, und es sang mit einer Sicherheit, für die es bestimmt viele Jahre hatte üben müssen. Doch als die Stellen mit den wirklich hohen Tönen kamen, stellte Holly fest, dass die Stimme des Mädchens dafür nicht reichte.

Ohne es zu bemerken, begann Holly, die Worte stumm mitzuformen. Sie kannte fast den ganzen Text auswendig. Sie begann, leise mitzusingen. Und wenn die Musik lauter wurde, sang auch Holly lauter. Und dann noch lauter.

Sie sang bis zum letzten Ton, und ihr klarer Sopran war eine ganze Oktave höher als die Stimme von Melody Gates. Die Musik trug Holly hinfort an einen Ort, den nur sie erreichen konnte … an einen Ort, an den nur die Musik sie bringen konnte. Wenn die Musik ihren Kopf erfüllte, fiel es ihr leicht, den Rest der Welt zu vergessen.

Als das Lied zu Ende war, begannen Juanita, Ruby und Hollys Mutter zu applaudieren.

Hollys Gesicht wurde so rot wie es in Rubys Namen anklang. »Ihr solltet mir sagen, wenn ich das mache!«, beklagte sie sich peinlich berührt. Sie wusste zwar, dass sie gut singen konnte – und sie tat es gern – aber sie wollte keinesfalls damit angeben.

Doch die Frauen ließen sich nicht von ihrer Begeisterung abbringen. »Wenn deine Stimme nicht besser ist, als die von all diesen Haverty-Schnöseln, dann werde ich zum Affen«, verkündete Juanita.

Ruby nickte zustimmend. »Holly, meine Liebe, du musst einfach auf diese Schule gehen. Du würdest sie mit deinen wunderbaren Liedern einfach alle umhauen.«

»Wenn sie dich erst mal gehört haben, dann werden sie den Titel der Sendung ändern, dann sitzen wir hier und schauen uns die *Holly Lovell Talentstunde* an«, fügte Juanita hinzu und drückte Hollys Hand derart überzeugt, dass Holly es fast selbst zu glauben begann.

Holly senkte den Kopf und starrte auf ihre Fußspitzen. Wie immer war es ihr peinlich, wenn ihr Gesang gelobt wurde. Sie wusste allerdings nicht, warum es ihr peinlich war. Zudem war ihre Stimme schon so oft gelobt worden, dass sie sich langsam daran gewöhnt haben sollte. Holly hatte eigentlich einen Sopran, sie konnte aber mühelos auch Alt singen. Wenn sie mit den Jungs im Kirchenchor sang, improvisierte sie sogar Bass-Figuren. Miss Fogarty, die Musiklehrerin in Biscays Grundschule, hatte einmal zu Wanda gesagt, dass Holly einen Stimmumfang von vier Oktaven hatte.

Damals war Holly gerade elf gewesen.

Das war lange her. Und mittlerweile war sie vierzehn. Sie war klug genug zu wissen, wie die Dinge standen. Und die Dinge standen so, dass sie, Holly Faye Lovell, Tochter einer verwitweten Schneiderin in einer der kleinsten Städte, die es im Magnolien-Staat Mississippi gab, keine Chance hatte, jemals Frank Shepherd auf der Bühne der *Haverty Talentstunde* Hallo zu sagen.

Sie würde weiterhin im Kirchenchor und für ihre Mutter und die Freundinnen singen – und natürlich allein in ihrem Zimmer, wo sie die Augen schließen und sich vorstellen konnte, die Stimme einfach fliegen zu lassen.

Das Fernsehbild begann wieder zu flimmern. »Vergiss es, ich werde nie näher an Haverty herankommen als in diesem Moment«, versuchte Holly zu scherzen und versetzte dem Fernseher erneut mit der Hüfte einen Stoß. »Aber das ist okay so«, fügte sie noch hinzu, bemüht, das traurige Gefühl zu ignorieren, das in ihr aufkam, wenn sie an Haverty dachte. »Ich würde sowieso nicht zu diesen ganzen Schicksen passen, oder?« Sie lächelte ihre Mutter an.

Wanda hielt eine dampfende Tasse Kaffee in ihren Händen. »Je früher du deinen Weg gehst, desto weiter wirst du kommen.«

Holly unterdrückte das Bedürfnis, die Augen zu verdrehen. Ihre Mutter verwendete gern solche kleinen inspirativen Zitate, um ihre Tochter zu motivieren. Wanda nutzte jede Gelegenheit, Holly zu sagen, dass sie alles schaffen könnte, was sie sich vornahm.

»Dann gehe ich jetzt mal schnell in die Küche, um euch frischen Kaffee aufzubrühen«, sagte Holly, als die Stimmen einer Mädchen-A-cappella-Gruppe aus dem Fernseher drangen. Sie wusste, dass die High School auch eine Abteilung für Musik hatte, die Kurse anbot, in denen sie ihr natürliches Talent verfeinern konnte. *Das wird ja wohl reichen*, dachte sie. Und während sie damit beschäftigt war, den Kaffee abzumessen, fragte sie sich, wen sie eigentlich zu überzeugen versuchte.

18. Juni

Liebes Tagebuch,
ich sage Ruby immer, dass ich tonnenweise zunehmen werde, wenn sie weiter so gute Sachen mitbringt. Aber hört sie auf mich???
Als Holly heute diesen hohen Ton sang, hatte ich auf dem ganzen Rücken eine Gänsehaut. Sie will so verzweifelt etwas aus ihrem Leben machen, es schaffen, aus Biscay herauszukommen. Und ich möchte ihr so gern dabei helfen. Aber was kann ich tun? Ich würde alles geben, um ihren Traum wahr werden zu lassen. Wirklich alles! Vielleicht wird Gott mir die Antwort aufzeigen. Er konnte mich jedenfalls häufig genug in letzter Zeit beten hören!
Versteh mich nicht falsch – ich weiß, dass ich ein segensreiches Leben habe. Holly zu haben, hat mein Leben so glücklich gemacht, wie ich es mir niemals zuvor hätte ausmalen können. Aber wenn man sein ganzes Leben lang hart gearbeitet hat, wenn man immer versucht hat das Richtige zu tun, dann hofft man darauf, dass es irgendwann auch eine Belohnung gibt – ein kleines Licht am Ende des Tunnels.

Doch ich kann mich nicht beklagen. In meinem Leben gab es schon so viele kleine Lichter.
Ich muss einfach weitermachen. Die Hochzeit von Marge Maslows Tochter ist nur noch einen Monat hin, und ich muss noch die ganzen Änderungen an den Kleidern der Brautjungfern vornehmen. Und die Arbeit einer Mutter ist schließlich niemals getan.
Das Abendzitat stammt heute von einer hübschen kleinen Kopie, die Juanita mitbrachte. Irgendjemand hat ihr den Spruch aus dem Internet kopiert (ich selbst verstehe davon immer noch nichts).
»Gestern ist die Vergangenheit. Morgen ist die Zukunft. Heute ist ein Geschenk – die Gegenwart! Wir sollten es nicht vergeuden.«

Kapitel zwei

»Er sieht so toll aus«, schwärmte Annabel Parker sehnsüchtig und fächelte sich mit einem alten Flugblatt für Biscays alljährlichen Kuchenbackwettbewerb Luft zu, während Holly und sie über den aufgebrochenen Bürgersteig in Richtung von Norwoods Autowerkstatt gingen. Der Sommer hatte kaum begonnen, doch es war schon glühend heiß. »Ich meine, ich weiß, dass Tyler *dein* Freund ist, und du weißt auch, dass ich finde, dass ihr zwei ein unglaublich süßes Paar seid, aber es ist doch wahr: So wie er in diesen Jeans aussieht, gehört einfach verboten!«

Holly lachte über die Worte ihrer Freundin, blinzelte ins Sonnenlicht und schaute zu, wie der Besitzer der fraglichen Jeans, ihr Freund Tyler Norwood, sich entschlossen unter die offen stehende Motorhaube eines kastanienbraunen Camaro bückte, in der Hand einen riesengroßen Schraubenschlüssel. Tyler und sie gingen schon so lange miteinander, dass sie ihn gar nicht mehr so wahrnahm, wie Annabel es tat.

Tylers knallrotes T-Shirt – und die breiten, kräftigen Schultern darunter – fielen ihr plötzlich auf.

Na ja, vielleicht sah sie ihn *manchmal* doch noch so an wie früher.

Sie lüftete ihr langes blondes Haar vom Nacken und ließ den warmen Sommerwind über ihre Haut streicheln. Die Leute sagten ihr immer wieder, dass ihr sonnenblondes Haar das schönste an ihr sei – jedenfalls die Leute, die sie noch nicht hatten singen hören. »Und wie läuft es mit dir und Billy?«, fragte sie die Freundin neugierig.

Annabel seufzte, ihre Finger spielten an dem in Zackenlinie verlaufenden Besatz ihres selbst genähten Tops. »Wie immer ... überhaupt nicht. Ich weiß auch nicht, was ich noch machen soll, vielleicht sollte ich so ein Leuchtschild aufstellen, wie sie es vor der Dairy Barn drüben in Pearl Creek haben –

mit der Aufschrift: ›Aufgepasst, Billy Franklin! Ich, Annabel Josephine Parker, bin zu haben!‹«

»Das könnte ein guter Anfang sein«, sagte Holly und lachte bei der Vorstellung eines solchen Schildes.

Annabel strich Holly mit dem Flugblatt über den nackten Arm. »Hey, bloß weil du dir den hübschesten Typen von ganz Biscay geschnappt hast – ach, was sage ich, von ganz Mississippi –, musst du noch nicht über uns einsame Herzen spotten.«

Tyler ist *tatsächlich der hübscheste Kerl von ganz Biscay*, dachte Holly stolz, und ihr Herz schlug schneller, als sie sich ihm näherten. Tylers schlanke Unterarme glänzten schweißgebadet, sein dichtes, dunkles Haar kringelte sich feucht über der Stirn. Er hatte straffe, braune Haut und durch die körperliche Arbeit kräftige Muskeln – er brauchte keine Soloflex-Maschine in irgendeinem schicken Fitnessclub, wie man es aus dem Fernsehen kannte.

Tyler trieb sich auch nicht mit Biscays Rowdys rum. Er hatte niemals auch nur eine Radkappe gestohlen, niemals bisher Zigarettenrauch eingeatmet, und dann hustend behauptet, es würde ihm Spaß machen, zu rauchen. Nach all dem, was Hollys Mutter ihr über Charakterzüge und Eigenheiten von Menschen erzählt hatte, fand sie, dass Tyler bestens zu ihr passte. Er war, wie ihre Mutter so gern formulierte: auch in seinem Inneren schön.

Aber so schön, dass es bei seinem Anblick in den Augen schmerzt, ist er nun auch wieder nicht, dachte Holly und errötete. Tyler war ihr erster Freund. Das hatte sie wirklich nicht schlecht hinbekommen.

In den Ferien verbrachte Tyler fast jeden Tag damit, seinem Vater zu helfen und Autos zu reparieren. Er konnte Vergaser einstellen und hantierte geschickt mit Auspufftöpfen und frisch reparierten Motoren herum. Alle wussten, wenn ein Wagen einmal überhaupt nicht mehr wollte, dann half immer noch ein Besuch bei Norwoods Autowerkstatt.

Ganz abgesehen davon natürlich, dass Norwoods die *einzige* Werkstatt in der Gegend war – die nächste war immerhin fünfundzwanzig Meilen entfernt.

»Hey«, sagte Holly, als die Mädchen auf den Hof der Werkstatt kamen, wo es nach Öl und Benzin roch. Ein alter Blues-Song lief im Radio, das in der Werkstatt stand und bis auf den Hof zu hören war. »Brauchst du Hilfe?«

Tyler lachte. Er beugte sich vor, um sie auf die Wange zu küssen. »Ich will diesen Wagen unbedingt wieder ans Laufen kriegen und nicht zurück in die Werkstatt schieben!« Er grinste Annabel an. »Hey, Bel.«

Annabels Gesicht zuckte, wie es immer passierte, wenn sie einem Jungen begegnete. »Hey, Tyler.« Sie winkte Holly zu. »Ich muss los. Ich soll auf Charlize aufpassen, während meine Mutter eine Extraschicht bei Piggly Wiggly schiebt.« Annabel schnitt eine Grimasse. »Die hat im Moment echt nur Blödsinn im Kopf.«

»Ruf mal an«, sagte Holly, als Annabel davoneilte. Dann setzte sie sich auf einen der alten Holzstühle in der Werkstatt. »Irgendetwas Neues?«

Tyler schüttelte den Kopf. »Nee. Joe da drüben schraubt seit letztem Dienstag an dem alten Caddy rum.« Tyler deutete mit einem Grinsen auf dem Gesicht in Richtung des rothaarigen Mechanikers.

»Das habe ich sehr wohl gehört!«, rief Joe und drohte ihnen mit einem öligen Lappen.

Tyler Norwood ist einer der nettesten, süßesten Jungs auf der ganzen Welt, entschied Holly, während Tyler ihm bei der Arbeit zusah. Das hatte sie bestimmt schon Millionen Mal zuvor bemerkt, aber es bestätigte sich jedes Mal aufs Neue, wenn sie ihn anschaute.

Wie die meisten Leute in Biscay hatte es auch Tyler nicht besonders einfach gehabt. Seine Mutter war an einer Überdosis gestorben, als er gerade mal neun Jahre alt war. Sein Dad und er hatten sich allein durchschlagen müssen. Und es war Phil Norwood nicht leicht gefallen, seinen Sohn Tyler ohne die Mutter großzuziehen.

Tylers Dad war kein schlechter Kerl, und niemand konnte behaupten, dass er nicht sein Bestes gegeben hätte, aber er konnte die Mutter eben nicht ersetzen. Tyler hatte äußerst selten selbst gebackene Schokoladenkekse oder ein Küsschen auf zerschrammte Knie bekommen. Heute, wo er älter war, half er seinem Vater in der Werkstatt. Holly nahm an, dass die Liebe zu den Autos Tyler im Blut steckte. Sie bedeuteten ihm beinahe ebenso viel wie seinem Vater.

An Autos herumzuschrauben war für Tyler wie für andere Leute das Atmen. Er sagte, er brauche es, um zu überleben. Und wenn man sein Gesicht sah, nachdem er es geschafft hatte, einen Mustang wieder wie ein Kätzchen zum Schnurren zu bringen – und er ihn dann schnell mal heimlich um den Block fuhr –, dann glaubte man ihm das auch.

»Ich mach Pause, Joe«, rief Tyler über die Schulter und wischte sich die schmierigen Hände an seiner alten Jeans ab. Holly und er spazierten hinüber in den Schatten der Ulme hinter der Werkstatt.

»Und wie war's heute bei dir und Bel?«, fragte Tyler und schob seine Finger zwischen ihre. »Habt ihr wieder Aufruhr auf Biscays Straßen verursacht?«

Holly lachte. Es gefiel ihr, wie sich seine Hand in ihrer anfühlte. »Du weißt doch, wie schrecklich wir sein können. Bel hat ihr Gesicht an die Scheibe vom Waschsalon gedrückt, und die alte Miss Lawrence hat fast einen Herzanfall bekommen. Sie hat vor Schreck die ganze Bleiche über ihr Kleid verschüttet, als sie Bels Fischgesicht sah.«

Tyler schüttelte den Kopf. »Pass besser auf, sonst endest du noch im Wochenblatt.«

Er neigte den Kopf zu ihr hinunter und streifte ihre Lippen mit seinem Mund. Holly konnte seinen Atem auf ihrem Gesicht spüren, und als sie sich wieder voneinander lösten, lag ein Lächeln auf seinem Gesicht.

»Ich küsse dich gern«, sagte Tyler und berührte ihre Wange.

Holly errötete ein wenig, lehnte sich an Tyler, und seine Worte – und der Kuss – wiederholten sich in ihrem Kopf wie ein Film. Sie hatte die Tage gezählt, bis ihr Freshman-Jahr, ihr erstes Jahr in Haverty, endete, sie hatte sich auf die Sommermonate gefreut, auf die Zeit, wenn Tyler und sie mit ihren Freunden herumhängen konnten. Wenn er nicht bei seinem Vater in der Werkstatt arbeitete, konnten sie auf dem Sportplatz Basketball spielen oder Frisbee auf der Wiese, sie konnten auf der Kirmes Zuckerwatte essen oder sich stundenlang am Fluss über irgendwelche Nichtigkeiten unterhalten, nur sie beide.

Holly hatte immer geglaubt, einen Freund zu haben, wäre irgendeine große Sache. »Versteh mich nicht falsch«, sagte sie einmal zu Annabel, die ihr wie immer an den Lippen hing. »Es ist toll. Aber es ist nicht so, als wäre es die Antwort auf all deine Probleme. Ich krieg immer noch Pickel und muss meine Hausarbeiten machen.« Dennoch war es mit ihr und Tyler anders als bei anderen Pärchen, die sie kannte. Es hatte nie irgendwelche großen Szenen oder Streitereien zwischen ihnen gegeben, keine wutentbrannten Trennungsversuche, und auch keine tränenreichen Versöhnungen.

»Das ist so typisch High School«, sagte Tyler immer, wenn er mal wieder den Kopf über das neueste Drama schüttelte, das sich in der Schule ereignet hatte. »Aber wir sind in der High School«, erinnerte ihn Holly dann kichernd. Tyler war ein Jahr älter als sie. Und zunächst hatte ihre Mutter das mit Tyler auch nicht so toll gefunden. Aber nachdem sie Tyler kennen gelernt hatte, war alles in bester Ordnung. Ihre Mutter liebte ihn fast genauso wie Holly es tat, und Tyler ging es mit Wanda ähnlich. Er konnte sich stundenlang mit ihr unterhalten – über die Schule und seine Freunde oder auch Fernsehsendungen – als wäre Wanda in seinem Alter und nicht Hollys Mutter. Manchmal dachte Holly, Tyler wünsche sich insgeheim, Wanda wäre seine Mutter.

Aber das war okay. Holly teilte gern, vor allem mit Tyler. Und schließlich kam ihre Mom mit den meisten Leuten gut klar, und ihre gute Laune war einfach ansteckend. Jedes Mal, wenn Holly daran denken musste, dass Tylers Mom nicht mehr bei ihm war, sprach sie ein kleines Dankgebet zu

Gott, dass ihre Mom lebte. Und für Tyler betete sie auch.

Holly wusste nicht sicher, was Liebe war, aber sie mochte Tyler sehr gern. Verdammt gern. Denn er kannte sie und sie kannte ihn, und das war alles, was zählte.

Doch gerade das machte es manchmal auch schwer, seine Freundin zu sein. Denn Tyler kannte sie *zu* gut. Und wenn er sich einmal etwas in den Kopf gesetzt hatte, dann ließ er nicht mehr locker.

»Weißt du, statt deine ganze Zeit damit zu verschwenden, Filme auszuleihen und Bels kleiner Schwester hinterherzujagen, solltest du diesen Sommer lieber nutzen«, sagte Tyler mit ernstem Gesichtsausdruck.

»Das sollte ich also ... sollte ich das wirklich?« Holly lehnte sich gegen die Ulme, die Rinde stach ihr in den Rücken. Sie war nicht sicher, ob ihr das gefiel, was er gesagt hatte. »Meinst du, sie würden mich in Norwoods Autowerkstatt einstellen? Ich kenne mich auch super mit Katalysatoren aus.«

Tyler berührte ihr Gesicht, seine Hände waren rau. »Ich meine es ernst, Holly Faye. Du musst doch etwas mit deinem Talent anfangen. Du kannst besser singen als alle, die ich kenne.«

»Du lebst aber auch ganz schön zurückgezogen«, neckte ihn Holly. »Du kennst eben einfach nicht so viele Leute.«

Tyler stöhnte. »Komm schon, Hol. In Biscay wissen alle, was für eine tolle Stimme du hast. Aber sonst weiß es niemand, weil du nichts mit ihr anfängst.«

Holly war über die Erregung, die in seiner Stimme lag, überrascht. »Was soll ich denn machen? An der Straßenecke betteln?«, fragte sie leicht verärgert.

»Dich in Haverty bewerben.«

Sie ärgerte sich darüber, wie er das sagte – als wäre es ganz selbstverständlich. War ihm nicht klar, wie sinnlos das war? »Hat meine Mom dir das in den Kopf gesetzt?«, fragte sie genervt.

Er hob die Hände. »Nicht schuldig.«

Sie atmete langsam aus. »Ihr zwei redet so viel miteinander, dass ihr euch immer ähnlicher anhört. Beängstigend ist das.«

Tyler hakte seine Daumen in die Gürtelschlaufen von Hollys kurzer Jeans. »Träumen bringt dir gar nichts, Holly. Du solltest deine Träume wahr machen. Du bedeutest mir viel, verstehst du das? Ich … ich will nur, was für dich am besten ist.«

»Ich weiß. Vielen Dank.«

Holly wusste, dass Tyler die Welt sehen wollte. Er wollte bis nach Afrika und China reisen. Auf Safari gehen. Die Chinesische Mauer besuchen. Er wollte auf den Eiffelturm. In Rom Pizza essen. In Deutschland über die Autobahn rasen. Letzteres gefiel Holly allerdings gar nicht.

»Wie willst du da überall hinkommen?«, hatte Holly ihn eines Nachts im letzten Frühjahr in der Hollywoodschaukel auf der Veranda gefragt. Sie hatten dort draußen gesessen, nachdem sie sich an einem gebratenen Hühnchen mit Kartoffelkroketten, das Hollys Mutter zubereitet hatte, satt gegessen hatten. »Wächst bei euch im Garten Geld an den Bäumen, statt Blättern und Obst?«, scherzte sie und schmiegte sich in seine Arme. »Darf ich an deinem Traum teilhaben? Schenke mir ein Erste-Klasse-Ticket nach Wien.« In Österreich spielte nämlich ihr allerliebster Lieblingsfilm, *Meine Lieder – meine Träume*. Sie kannte alle Lieder daraus auswendig. In ihren Träumen war sie Maria, sie tanzte Walzer in den Alpen, und sie sang wie ein Vogel.

Sie hatte damals geglaubt, Tyler würde nur Luftschlösser bauen, fantasieren, was niemals Wirklichkeit werden könnte – so wie sie es mit ihrer Musik tat. Träume waren eben bloß Träume. Aber Tyler hatte sich von ihr gelöst und ihr tief in die Augen geschaut, es war ein Blick gewesen, der Holly bis zu den Zehen, die vorn aus ihren Sandalen guckten, hatte erzittern lassen.

»Ich meine es ernst, Holly«, hatte er noch einmal bekräftigend gesagt und seine smaragdgrünen Augen schimmerten dabei. »Im Augenblick bin ich hier und helfe meinem Daddy, und ich lerne, wie man eine Werkstatt führt. Aber eines Tages werde ich an all diese Orte reisen. Das werde ich ganz bestimmt!«

Und obwohl Tyler und sein Daddy gar nicht genug Geld dafür hatten, hatte Holly ihm seine Worte geglaubt. Denn sie glaubte an *ihn*.

Warum fiel es ihr dann aber so schwer, zu glauben, dass auch jemand an *sie* glauben könnte?

»Ich könnte nach Haverty schreiben und fragen,

ob sie dir Bewerbungsunterlagen schicken …«, begann Tyler hoffnungsvoll, und wie er es schon häufig versucht hatte.

Holly schüttelte derart den Kopf, dass ihr das Haar dabei ins Gesicht schlug. Bewerbungen allein kosteten schon Geld, die Aufnahme kostete noch mehr Geld, Zimmer und Verpflegung kosteten ebenfalls … alles in Haverty kostete Geld.

Zugegeben, sie träumte wundervolle, fantastische Träume über ein Leben mit Musik.

Aber sie konnte es sich nicht leisten. *Aus.* Sie behielt die Träume in ihrem Kopf und verschloss die Tür zu ihnen.

»Können wir aufhören, über Haverty zu reden?«, fragte sie und vergrub ihr Gesicht in Tylers T-Shirt.

Und außerdem, selbst wenn sie es sich leisten könnte, würde man sie nicht einfach in Haverty aufnehmen, sie die kleine Holly Faye Lovell aus Biscay, Mississippi, die ein handgenähtes Kleid trug und sich das Haar in Juanitas Shear Magic Salon schneiden ließ – oder?

Oh, nein!

»Ich rieche wie ein Stinktier, nur dass ich nach Öl

stinke«, entschuldigte sich Tyler und nahm Holly in den Arm.

»Stimmt«, murmelte sie in den Stoff seines T-Shirts. Sie liebte diesen vertrauten, männlichen Geruch. »Das ist übrigens mein Lieblingstier.«

Holly übte *Working on the Building*, ein altes Spiritual. Der Kirchenchor hatte eine neue Leiterin, und in letzter Zeit hatte sie dort eine Menge wundervoller Lieder gelernt. Holly mischte die Kirchenlieder gern mit Spirituals und moderneren Klängen.

Sie und ihre Mutter gingen wenn möglich zum frühen Gottesdienst am Sonntag, weil der moderner war als die anderen, was bedeutete, dass dort alle möglichen Musikstile willkommen waren. Jede Woche änderte sich die Richtung.

Die Kirche war nicht groß, doch es gab viele ausgezeichnete Musiker in der Gemeinde – einen hervorragenden Pianisten, einige exzellente Gitarristen und Harmonikaspieler und ein paar wunderbare Sänger. Holly war immer wieder erstaunt, wenn man sie und nicht einen anderen Sänger auswählte, um die Solos zu singen.

Die Gemeinde begann im Rhythmus des Liedes

zu klatschen und Hollys Stimme stieg höher und höher, angetrieben von der Aufregung, mit dem Chor zu singen. Sie sang eine Silbe und dehnte sie über vier Noten lang. Als sie zu Ende gesungen hatte, war sie überglücklich und stolz. Sie strich über ihr Chorkleid und setzte sich dann mit den anderen hin. Für einen Moment schaute sie zu Tyler hinüber. Er zwinkerte ihr zu.

Später sang sie noch ein Solo. »Just a closer walk with thee.« Ihre Stimme klang so klar wie die einer Nachtigall. »Grant it, Jesus, is my plea. Daily walking close to thee, let it be, dear Lord, let it be.«

»Holly, du bist klasse!«, rief ein kleiner Junge in der vordersten Reihe.

Holly kämpfte gegen ein Kichern an, als ihr Solo sich dem Ende zu neigte.

Da Juanita und Ruby keine eigenen Familien hatten, kamen sie sonntags nach der Kirche zu Wanda und Holly zum Essen. Doch heute hatten sie sich verspätet.

»Vielleicht haben sie am Obstladen angehalten, um Erdbeeren mitzubringen«, sagte Holly zu ihrer

Mutter. »Sie wissen doch, wie sehr du Erdbeeren magst.«

Und tatsächlich, die beiden Freundinnen hatten sich noch damit aufgehalten, etwas zu besorgen ... aber es waren keine Erdbeeren.

»Was um alles in der Welt ...?«, rief Wanda, als ein kleines Fellbündel zur Hintertür hereingesaust kam.

»Wuff!« Ein pfirsichfarbener Hundemopp schaute zu Holly auf – und warf sich auch schon auf den Rücken, und die kleinen Beine strampelten in der Luft. Juanita und Ruby kamen sogleich hinterher, sie strahlten verlegen.

»Ihr bringt eines von Fifis Welpen auf Besuch mit«, rief Holly, nahm das Hündchen auf den Arm und kuschelte mit ihm. Das Fell des Hündchens war ganz weich.

Wanda zog eine Augenbraue hoch. »Bist du sicher, dass es auch wirklich nur ein Besuch werden soll, Juanita?« Juanita vermied, Wandas misstrauischem Blick zu begegnen. »Nun ja, es ist immer noch ein Hündchen übrig, und ich weiß doch, dass Holly Faye meine Fifi liebt, und deshalb dachte ich, vielleicht ...«

Holly warf ihrer Mutter einen hoffnungsvollen Blick zu. »Oh, könnten wir das, Mom?« Abgesehen von einem Meerschweinchen, das allerdings gestorben war, als Holly sieben war, hatte sie noch nie ein Tier gehabt. Ihre Mutter sagte immer: »Tiere machen so schrecklich viel Arbeit.«

Wanda schüttelte so heftig den Kopf, als müsse sie sich selbst überzeugen. »Wir können kein Hündchen gebrauchen. Ich bin aber sicher, es gibt viele Leute, die dieses Hündchen gern nehmen.«

Juanita presste enttäuscht ihre rot bemalten Lippen aufeinander und erwiderte dann: »Ich wusste, dass du das sagen würdest, Wanda Jo. Aber nur weil meine Fifi verwöhnt wird wie eine kleine Prinzessin und von meinem Porzellangeschirr isst, heißt das ja nicht, dass ihr es mit diesem Hündchen ebenso machen müsst.« Sie zog eine ihrer schmalen Augenbrauen hoch. »Wieso schaust du nicht einfach einmal, wie sich das kleine Hündchen hier heute benimmt? Und wenn es den Test besteht, könnt ihr es behalten!«

»Sieh mal!« Holly kicherte. Der Welpe hatte Wandas Korb mit Stoffresten entdeckt, und ein Baumwollfetzen bedeckte das haarige Köpfchen.

»Sieht das nicht niedlich aus?«, fragte Holly, während das Hündchen durch das Zimmer lief und sich dann auf der Sonntagszeitung niederließ.

»Oh, oh«, sagte Juanita und lief zu ihm hinüber. »Wenn Hunde Zeitungen sehen, dann fällt ihnen nur das Eine ein!«

»Und genau deshalb können wir den Hund auch nicht behalten«, sagte Wanda entschlossen.

Kapitel drei

In Biscay, Mississippi, können auch an den ganz normalen Tagen große Dinge geschehen. Zum Beispiel an einem Tag wie dem vierundzwanzigsten Juli – ein Tag, den Holly und Annabel damit verbrachten, Fifi und ihren immer noch heimatlosen Welpen im Friseursalon Shear Magic zu besuchen und einander die Nägel zu lackieren, danach mit den Fahrrädern den höchsten Berg diesseits von Natchez hoch zu radeln und anschließend mit Tyler und Joe in der Werkstatt ein Picknick zu veranstalten (mit Sandwiches, Birnen, Kartoffelchips und frischer Limonade).

»Ich bin wieder da, Mom«, rief Holly laut, als sie am Nachmittag nach Hause kam. Diesen Scherz machte sie jedes Mal, denn eigentlich war das Haus kaum größer als eine Schuhschachtel, und Holly nicht zu überhören.

Und üblicherweise antwortete Hollys Mutter ebenfalls laut aus dem Nähzimmer, über das leise Surren ihrer Nähmaschine oder das Zischen des Dampfbügeleisens hinweg. Aber heute blieb es still im Haus. In Hollys Bauch breitete sich ein merkwürdiges Gefühl aus. Doch zunächst schüttelte sie es ab.

»Glaubst du, deine Mom könnte mir dieses Kleid kürzen, das ich bei Vivi's im Ausverkauf gefunden habe?«, fragte Annabel, während sie die Hintertür zuzog. Sie sprach von dem einzigen Laden in Biscay, dessen Kleider nicht aussahen, als wären sie 1950 entworfen worden. »Ich dachte, ich könnte es …«

Holly erstarrte. Wanda saß am Küchentisch, neben sich ein leeres Glas Eistee, und umklammerte das schnurlose Telefon. Die Klimaanlage lief auf der höchsten Stufe. Wanda war völlig bleich.

»Du bist wieder zu Hause«, rief Wanda plötzlich und sprang so schnell auf, dass sie ihren Stuhl dabei umstieß. Das Telefon fiel ebenfalls laut polternd zu Boden. »Oh, Holly Faye!«

»Was ist? Was ist denn los?«, fragte Holly, deren

Mund trocken wurde. Sie schaute unsicher zu Annabel hinüber. »Geht es Juanita und Ruby gut?« Die Gedanken rasten nur so durch ihren Kopf. »Ist etwas mit Onkel Jake? Er hatte doch diese Brustschmerzen ...«

Sie war überrascht, denn ihre Mutter begann zu lachen. »Juanita und Ruby geht es bestens, und Onkel Jake hat Schmerzen in der Brust, weil er sich von deiner Tante Sal zu viel Spareribs und Sauerkraut servieren lässt.«

Holly stand da und beobachtete fassungslos, wie sich das Lachen ihrer Mutter in Tränen verwandelte. Aber es sah aus, als ob sie vor Glück weinte, sozusagen Freudentränen.

»Jetzt sag endlich, was los ist!«, forderte Holly mit Angst in der Stimme. »Was ...«

»Sie wollen dich! Dich, meine Süße. Ich wusste es. Ich wusste, eines Tages würde es so weit sein! Träume werden eben manchmal Wirklichkeit.«

»Sie? Du meinst, ich habe die Babysitter-Stelle aus der Zeitung, auf die ich mich beworben habe?«, fragte Holly verwirrt. Sie war noch nicht alt genug für einen richtigen Job, aber sie hatte gehofft, dass ...

Ihre Mutter legte ihr liebevoll die Hände auf die Schultern. »Nein, Holly.«

»Was dann?«

In Wandas mandelförmigen Augen spiegelten sich ihre überbordenden Gefühle. »Der Leiter der Haverty School of Music hat vorhin angerufen. Sie möchten, dass du für einen Platz im Herbstsemester vorsingst.«

Annabel keuchte.

Aus Hollys Kehle war ein wimmernder Ton zu vernehmen und sie zwinkerte die Tränen weg, die ihr jeden Augenblick über das Gesicht zu stürzen drohten. »Aber ich … ich … *Ich*? Wieso …«

»Ja, du.« Ihre Mutter warf Holly ihre Arme um den Hals und drückte sie derart fest an sich, dass ihr beinahe der Atem wegblieb. »In vier Tagen gehst du zum Vorsingen. In Haverty.«

»Du bist doch der verschlagenste, mieseste, unausstehlichste Typ, den ich je gesehen habe.«

»Dann mach doch die Augen zu und küss mich.«

Holly lachte, dann schlug sie Tyler auf den Arm, so dass dieser seinen Eistee auf dem Teppich verschüttete, woraufhin Juanita sofort in die Küche eilte, um einen Lappen zu holen.

Das kleine Häuschen der Lovells platzte fast aus allen Nähten, so viele Freunde und Nachbarn waren herübergekommen, um Holly zu gratulieren. In Biscay sprachen sich Neuigkeiten schnell herum – vor allem gute Neuigkeiten, wie die Lovells sie erfahren hatten.

Ich gehe zum Vorsingen nach Haverty!, dachte Holly und kniff sich selbst in den Arm, um sicherzugehen, dass es auch wirklich stimmte.

»Du kannst jetzt wirklich aufhören, dich selbst zu kneifen«, sagte Annabel, die plötzlich neben ihr stand. »Du bist einfach die Beste, Mädchen!« Dann senkte sie die Stimme. »Billy Franklin ist hier. Ich … werde … jetzt … sterben.« Sie atmete tief durch, dann schüttelte sie ihr Haar und stakste davon.

»Ich kann immer noch nicht glauben, dass du mich beim Singen aufgenommen hast, ganz zu schweigen davon, dass du das Band dann nach Haverty geschickt hast.« Holly blickte Tyler vorwurfsvoll an, bemüht, ihm wenigstens ein paar Schuldgefühle zu entlocken. Aber es klappte nicht. Er strahlte sie einfach nur an.

»Hey, irgendjemand musste das doch tun.« Er streichelte sie unter dem Kinn. »Ich wusste, sie würden dich lieben. Diese schnieken Haverty-Chefs haben sich wahrscheinlich in die Hosen gemacht, als sie dich *Working on the Building* haben singen hören.«

Nach langem Rumbohren hatte Tyler Holly endlich gestanden, dass er ihren Gesang an jenem Tag in der Kirche mitgeschnitten hatte, als sie so glücklich und stolz gewesen war. Es war ihm auch gelungen, sie beim Singen aufzunehmen, als sie einmal glaubte, allein zu sein – ein Broadway-Stück, ein paar Top-40-Hits und ein Barbara-Streisand-Song, den Wanda so sehr mochte.

Es wurde leiser, als Wanda auf den Fernseher schlug und Frank Shepherds Stimme ertönte: »Live aus der Haverty School of Music and the Performing Arts in Hattiesburg, Mississippi, sehen Sie die *Haverty Talentstunde*, eine einstündige Sendung der besten Musikschule im Süden, in der nur die allerbesten jungen Musiker auftreten … und schon geht es los!«

Die Gäste wurden ganz still und Holly bekam eine Gänsehaut. Hatten Juanita, Ruby und ihre Mutter wirklich erst letzte Woche hier gesessen, zusammen gelacht und die Schüler bewundert? Und jetzt hatte sie tatsächlich die Chance, eine von ihnen zu werden.

24. Juli

Liebes Tagebuch,

MEIN BABY GEHT NACH HAVERTY!!!!!!!!

Beruhige dich, Wanda. Ich weiß, noch ist sie nicht angenommen worden. Aber ist das Vorsingen nicht bloß eine Formalität? Gibt es irgendeinen Zweifel auf Gottes weiter Erde, dass sie ganz verrückt nach ihr sein werden, sobald sie den Mund aufmacht und singt?

Wenn ich einen Augenblick innehalte und über die Bedeutung dieser Situation nachdenke, bekomme ich Angst. Eine kalte, nasse Angst dringt mir bis in die Knochen und lässt mich erzittern. Holly Faye hat Biscay noch nie verlassen. Haverty mag nur zwei Stunden mit dem Auto entfernt sein, aber es ist ein ganzes Leben weit weg. Wenn sie erst mal all die klugen Leute kennen gelernt hat, Leute mit gut klingenden Namen, viel Geld und so weiter, dann wird sie wohl kaum hierher zurückkommen und bei ihrer alten Mutter bleiben wollen, oder?

Beruhige dich, Wanda. Meine Kleine hat einen klugen Kopf auf ihren Schultern sitzen. Sie hat so viel Zeit mit Erwachsenen verbracht, dass sie manchmal erwachsener ist als ich.

Aber was, wenn ihr jemand die Wahrheit erzählt? Ich mag gar nicht daran denken. Ich weiß, dass es an mir liegt, das zu tun, aber nach all diesen Jahren, nach allem, was wir zusammen durchgestanden haben, würde sie daran zerbrechen.

Feigling. Was ich wirklich meine, ist: Wird es unsere Liebe zerstören?

Heute ist mein Abendzitat leider nicht das einfallsreichste, liebes Tagebuch. Aber etwas Besseres fällt mir auf die Schnelle nicht ein.

»Wieso soll'n sie denn auf'm Bauernhof bleiben, wenn sie Paris geseh'n haben?« … Oder Haverty.

Noch etwas, liebes Tagebuch. Ich werde Juanita und Holly (und mich selbst ebenfalls!) überraschen und dem kleinen Pudel bei uns ein schönes Heim bereiten. Dieses Haus wird viel zu still, wenn Holly erst weg ist. Ich glaube, ich werde die kleine Hündin Prinzessin nennen.

Kapitel vier

»SAG JETZT NICHT, das ist der Wagen.« Holly ließ den Vorhang zurückfallen, ihre Finger zitterten. »Dieser schicke schwarze Wagen holt uns ab?« Ihre Hände waren zugleich kalt und feucht, wie immer, wenn sie nervös war.

Wanda schaute ebenfalls zum Fenster hinaus, Prinzessin neben sich. »Sie haben gesagt, weil es so kurzfristig sei, würden sie einen Wagen schicken, und es ist Montagmorgen sieben Uhr, also nehme ich an, das ist der Wagen mit dem Fahrer.«

Da Holly nur vier Tage zur Vorbereitung der Abfahrt geblieben waren, war sie durch Biscay gerast wie ein tasmanischer Teufel. Sie hatte lange überlegt, was sie anziehen sollte. Die Schülerinnen trugen in der *Haverty Talentstunde* alles Mögliche –

von strassbesetzten Kleidern bis hin zu karierten Röcken. Aber Holly und ihre Mom waren sich einig, dass man sich für das Vorsingen nicht solche Freiheiten herausnehmen sollte – ganz abgesehen davon, dass ihre Garderobe etwas Derartiges auch gar nicht hergab. Ihre Mutter hatte ihr Anfang Juni ein hübsches geblümtes Sommerkleid genäht. Und Holly beschloss, es zum Vorsingen zu tragen, dazu ein Paar weiße Sandalen. Sie hatte ihre Haare zu einem kleinen Pferdeschwanz zusammengebunden und trug sogar ein wenig Rouge und Wimperntusche auf. Ein paar Spritzer vom Parfum *White Shoulders* ihrer Mom schadeten gewiss auch nicht.

Holly fühlte sich richtig erwachsen.

Und dennoch hatte sie wahnsinnige Angst.

»Hast *du* das Band?«, fragte Holly panisch, als sie nach ihrem pastellfarbenen Baumwollbeutel griff, den ihre Mutter ihr genäht hatte, und nach dem leichten Sweater aus Baumwolle, den sie für den Fall mitnahm, dass die Klimaanlage auf Alaska ähnliche Temperaturen eingestellt wäre. Die Schule hatte gesagt, sie müsse mit Klavierbegleitung singen. Holly hatte sich für eine populäre Ballade aus einem Soundtrack entschieden, und die Organistin der Kirche war so nett gewesen, ihr die Klavierstimme auf Band aufzunehmen.

»Sie ist immer noch in meiner Tasche, genau wie die letzten drei Male, die du danach gefragt hast«, entgegnete Wanda gelassen, strich ihre beigefarbene Hose glatt und schnipste einen kleinen Fussel von dem zur Hose passenden Polyester-Oberteil, das sie extra für diesen Anlass gekauft hatte. »So, und du bleibst hier drin«, sagte sie zu Prinzessin und stellte den Hundelaufstall auf. Prinzessin guckte für einen kurzen Moment erstaunt – dann nagte sie aber weiter an ihren Quietschetieren herum. »Ich bin auch bald wieder da.«

Holly wusste, ihre Mutter würde es niemals zugeben, aber sie mochte diesen kleinen Clown namens Prinzessin tatsächlich gern.

»Na dann, bis bald«, sagte Holly, beugte sich hinunter und gab Prinzessin noch einen Abschiedskuss, bevor sie die Tür aufmachte. Sie hoffte, dass der Fahrer nett wäre.

»Guten Morgen«, sagte er, nickte und öffnete ihr die Wagentür. Holly kam sich vor wie in einem Film, und gar nicht mehr wie sie selbst, als sie den Kopf einzog, über das kühle, graue Leder glitt und auf ihre Mutter wartete. Sie fragte sich, wo Tyler in diesem Augenblick wohl steckte. Er hatte sie verabschieden wollen, aber das hätte sie nur noch nervöser gemacht. Und sie würde schließlich am Abend schon wieder zurück sein – dann konnte sie ihm alles erzählen.

Sie berührte das kleine goldene Armband, das sie an ihrem linken Handgelenk trug. Letzte Nacht, als sie an der Eingangspforte standen und sich voneinander verabschiedeten, hatte Tyler eine kleine Schachtel aus seinem Rucksack hervorgeholt und sie Holly gegeben.

»Es gehörte meiner Mutter«, hatte er unsicher gesagt, während er das Armband aus der Schachtel nahm, die Holly zitternd in den Händen hielt, und es ihr um das Handgelenk legte.

Holly hatte nicht gewusst, was sie sagen sollte. Tyler redete nie über seine Mom, genauso wie sie nie über ihren Daddy sprach. Statt also etwas zu sagen, hatte sie zunächst nur die Luft eingesogen. Plötzlich fragte sie: »Tyler. Ich … ich … weiß dein Vater, dass du mich das tragen lässt?«

»Er weiß, dass ich es dir schenke.« Tyler nahm ihre kleinen Hände in seine großen und drückte sie fest. »Deine Mom und du haben so viel für mich getan, Holly. Und auch wenn ich weiß, dass ich das niemals zurückzahlen könnte, was du mir gegeben hast, wollte ich dir doch wenigstens das schenken.« Er lächelte scheu. »Mein Daddy hat mit erzählt, meine Mom hätte das Armband immer getragen, wenn sie glücklich war. Ich hoffe, du kannst ein bisschen von diesem Glück spüren.«

Sie drehte das Armband um ihr Handgelenk und wünschte sich etwas, unsicher, ob es sich erfüllen würde: Sie wünschte sich, Tylers Mom würde immer noch glücklich sein …

»Heute Abend werden wir eine tolle Geschichte zu erzählen haben«, unterbrach ihre Mutter ihre Gedanken. »Ich habe das Gefühl, bei uns zu Hause wird wieder einmal eine Party steigen.«

Ich hoffe bloß, ich habe gute Neuigkeiten zu erzählen, dachte Holly und kniff die Augen zu, während der Fahrer langsam über den unebenen Kiesweg fuhr, der zur Interstate führte. Sie zuckte bei jedem Kiesel zusammen, der gegen den schimmernden Lack klackerte. Würde man ihr die Entscheidung gleich mitteilen? Oder musste sie ein paar Tage darauf warten? Wahrscheinlich Letzteres. *Es sei denn, sie finden mich einfach nur schrecklich*, dachte sie, und ihr wurde bei diesem Gedanken ein wenig übel. *Dann werden sie mir sofort den Gnadenschuss geben.*

Als der Wagen über den Highway fuhr, bahnte sich die Morgensonne einen Weg zwischen den Zweigen der Bäume hindurch und schien durch die Fenster hinein. Holly döste vor sich hin. Als sie erwachte, entdeckte sie das Stadtschild von Hattiesburg, das sie bisher nur vom Bus aus gesehen hatte. Vom Wagen aus, der näher am Boden war, wirkten die Straßen breiter und die Gebäude höher. Hattiesburg sah aus wie eine richtige Stadt.

Der Wal-Mart in Hattiesburg war nicht irgendein einfacher Wal-Mart, sondern ein Wal-Mart-Super-Store. Holly wusste, dass diese Kette ihre Super Stores nur in den Städten eröffnete, die als etwas Besonderes galten. Und ganz offensichtlich war Hattiesburg in Mississippi etwas Besonderes, befand Holly.

Der Wagen fuhr an den Einkaufszentren vorbei, wo sie und ihre Mutter zweimal im Jahr Stoffe und Muster für die Schneiderei einkauften. Aber heute wirkte alles anders als sonst. Holly wünschte sich, dass die ganze Welt von ihrem Geheimnis erfuhr, alle sollten sie anfeuern. Wie konnte überhaupt noch irgendjemand seinen Geschäften nachgehen? So, als wäre heute ein ganz normaler Tag …

Heute war der wichtigste Tag in Hollys Leben.

Sie atmete tief ein und überdachte noch einmal, was heute noch geschehen würde. Was ihre Stimme betraf, war sie zuversichtlich. Immerhin hatte sie die besten Sängerinnen der Schule gehört, und konnte sich somit an ihnen messen. Holly war einfach nur ehrlich mit sich selbst, wenn sie annahm, dass sie mindestens genauso gut singen konnte – wenn nicht sogar noch besser.

Aber was war mit den theoretischen Fragen?

Wie würde man ihre Ausbildung an der Biscay High School in Haverty beurteilen? Natürlich, sie hatte auch ein paar gute Lehrer gehabt, aber in Haverty gab es schließlich *Professoren*. Professoren aus dem ganzen Land.

Als könne sie ihre Gedanken lesen, drückte Wanda Hollys Hand. *Wenigstens ist Mom bei mir*, dachte Holly und versuchte sich wieder zu beruhigen.

Sie fuhren in einen älteren Teil der Stadt. Der Fahrer hatte gesagt, dieser Teil sei nach dem

Bürgerkrieg neu aufgebaut worden. »Aber natürlich ist Hattiesburg nicht annähernd so zerstört worden wie Atlanta«, fügte er noch hinzu.

»Gewiss nicht, Sir«, sagte Wanda und räusperte sich. Holly wurde klar, dass ihre Mutter fast genauso nervös war wie sie selbst.

HAVERTY SCHOOL OF MUSIC AND THE PERFORMING ARTS: DREI MEILEN, stand auf einem Schild an einer Kreuzung. Der Pfeil zeigte nach rechts.

Holly bemerkte, wie es unter ihren Armen immer feuchter wurde. *Habe ich eigentlich Deo benutzt?*, dachte sie ängstlich. *Ich werde mich zu Tode geschwitzt haben, wenn alles vorüber ist.*

Dennoch stieg ihre Anspannung noch weiter, während der Fahrer den Wagen auf einen zweispurigen Highway lenkte. Die gelbe Mittellinie schien neu gezogen, so sehr strahlte sie in der Morgensonne. Hier gab es weniger Gebäude und mehr Bäume an der Straße. Haverty lag am Stadtrand von Hattiesburg. Holly hatte das einmal auf einer Karte entdeckt, auf der alle Sehenswürdigkeiten von Hattiesburg mit einem Sternchen versehen waren.

»Wir sind fast da«, flüsterte Wanda, als wäre ihr Ziel ein großes Geheimnis.

Holly nickte. Der Wagen fuhr jetzt in eine Einfahrt und dann durch ein offenes, schmiedeeisernes Tor, das von einer grauen Steinmauer gehalten wurde.

Ein kleines, schwarzes Stahlschild stand vor einer Reihe niedriger Zedern. Und in Buchstaben aus Chrom stand dort geschrieben: HAVERTY SCHOOL OF MUSIC AND THE PERFORMING ARTS.

»Die Magnolien wurden vor vielen Jahren als Setzlinge aus Georgia geholt«, erklärte ihnen der Fahrer, während sie eine von riesigen Bäumen gesäumte Straße hinunterfuhren.

»Wie schön und duftend sie im Frühjahr sein müssen«, sagte Wanda versonnen.

Der Fahrer lächelte sie im Rückspiegel an. »Hoffentlich wird die junge Dame eine Haverty-Schülerin, dann können Sie das bald selbst einmal riechen.«

Holly lächelte ihn dankbar an. »Das hoffe ich auch.«

Hinter den Bäumen breitete sich auf beiden Seiten der Straße ein so dichter Rasen aus, dass er wie ein Teppich wirkte. Er reichte, so weit Holly sehen konnte. Natürlich wagte sich hier in Haverty kein einziges Unkraut hervor.

»Ich habe den Eindruck, dass sie den Rasen von Zeit zu Zeit einer Maniküre unterziehen«, murmelte Wanda beeindruckt.

Direkt vor ihnen, auf einem kleinen Hügel gelegen, befand sich ein riesiges weißes Haus. Die Straße stieg an – und dann war es plötzlich da. Es ragte stolz in den Himmel auf. Hohe weiße Säulen, die in der Sonne glitzerten, umrahmten den riesigen Eingang, und im Vordergrund blühten breite Blumenbeete mit Mohn und Geranien. Doppeltüren, die mindestens drei Meter fünfzig hoch waren, führten in einen Saal. Über dem gesamten Eingang erstreckte sich in der ersten Etage eine Veranda. Das Anwesen wirkte wie das vornehme Herrenhaus einer Plantage. Holly war sicher, dass sie in ihrem ganzen Leben noch nie so etwas Schönes gesehen hatte wie dieses atemberaubende Gebäude, in dem sich die Haverty School of Music and the Performing Arts befand.

Als Holly aus dem Wagen stieg, kam sie sich vor

wie Rose, die zum ersten Mal die *Titanic* erblickt. Dieses herrliche Gebäude – und wofür es stand – war zum Greifen nah, sie musste es jetzt nur noch schaffen, angenommen zu werden.

»Gehen Sie einfach hinein«, sagte der Fahrer und deutete auf die Doppeltür. »Sie werden erwartet.«

»Aber Sie fahren uns doch hoffentlich auch wieder nach Hause, oder?«, erkundigte sich Wanda auf ihre mütterliche Art.

Er nickte. »Rufen Sie mich auf meinem Handy an, sobald Sie fertig sind.«

»Auf dem Handy«, bestätigte Wanda, als wären Handys und Limousinen mit Chauffeur Teil ihres Alltags.

Es waren nicht viele Menschen zu sehen – ein paar Gärtner bei der Arbeit und eine junge Frau, die mit einer Geige über den Rasen ging.

Holly ergriff die Hand ihrer Mutter. Hollys Schuhe machten auf der glänzend polierten Holzveranda einen ziemlichen Lärm. Als die beiden Frauen die Doppeltür aufdrückten, quietschte diese derart laut, dass sie befürchteten, ein Mann vom Sicherheitsdienst würde gleich auf sie zustürmen und sie hinauswerfen.

Kein Sicherheitsdienst. Nur das erfrischende Surren einer Klimaanlage.

Holly und Wanda standen verunsichert in einem großen runden Raum, von dem in alle Richtungen Flure abgingen. An den Wänden unter den hohen Decken hingen die Porträts von berühmten Haverty-Abgängern – Opernsänger, Mitglieder von Sinfonieorchestern, Popstars und ein paar Leute, die sie von den Grammys kannte.

Die Decke war mit lächelnden Engelchen, Wölkchen und Pfeilen bemalt. Am unteren Rand standen die geschwungen geschriebenen Worte: MUSIK NENNT MAN ZU RECHT DIE SPRACHE DER ENGEL – THOMAS CARLYLE.

Der Marmorfußboden war so glänzend poliert, dass Holly, als sie nach unten schaute, ihr Gesicht darin sehen konnte.

»Sie brauchen bestimmt Stunden, bis der Boden so aussieht«, sagte Wanda und fuhr mit ihrem Finger über die Lehne eines Mahagonistuhls.

»Lass das!«, rief Holly ängstlich. Was, wenn eine Sicherheitskamera ihnen zuschaute? Ob gleich ein Alarm losging?

Sie atmete tief durch und versuchte, sich wieder

zu beruhigen. »Wo müssen wir denn hin?«, fragte sie, und ihre geflüsterten Worte hallten durch die langen, verlassenen Flure.

Ihre Mutter zeigte auf ein Schild, das die Richtung von Dr. McSpaddens Büro wies.

»Marschiert hier eine Kompanie, oder machen wir diesen Lärm?«, versuchte sie zu scherzen. Holly versuchte zu lachen, aber es kam bloß ein Quieken heraus.

Dr. McSpaddens Büro bestand eigentlich aus zwei Büros: einem ersten, in dem die Sekretärin saß, und einem zweiten, in dem er selbst saß. Holly und ihre Mutter betraten zunächst das Vorzimmer, und die Sekretärin, eine blonde Frau in einem teuer aussehenden Kostüm, bat sie, auf zwei Stühlen Platz zu nehmen. »Ich werde Dr. McSpadden wissen lassen, dass Sie angekommen sind«, sagte sie und lächelte höflich.

Es gelang Holly, zurückzulächeln.

Die Sekretärin verschwand in Dr. McSpaddens Büro, und Holly und ihre Mutter saßen da und warteten zwanzig Minuten lang. »Wieso haben die uns für zehn bestellt, wenn sie jetzt gar keine Zeit haben?«, fragte Holly ihre Mutter und ärgerte sich.

»Das ist doch unhöflich.« So etwas erwartete sie vielleicht noch an der Biscay High School, aber nicht hier in Haverty.

Ihre Mutter zuckte mit den Achseln. »Ich bin sicher, diese Leute haben mit vielen Besuchern zu reden. Wir sind bestimmt gleich dran.«

Das Büro der Sekretärin sah aus wie aus einer Fernsehsendung. Die Möbel waren schwer und imposant, die Bücherregale erstreckten sich vom Boden bis zur Decke. Eine Leiter, die an einem Regal angebracht war, ermöglichte es, auch an die Bücher in den obersten Reihen zu gelangen. Holly fragte sich, wer die Zeit hatte, all diese Bücher zu lesen.

Vielleicht Leute wie sie, die auf ihren Termin warten mussten.

»Dr. McSpadden wird Sie jetzt empfangen«, sagte die Sekretärin, als sie endlich in das Zimmer zurückkehrte. Mit einer Geste gab sie ihnen zu verstehen, dass sie nun in das Büro nebenan gehen durften.

Der Direktor von Haverty stand hinter einem glänzenden Schreibtisch aus Kirschholz. Gerahmte Diplome hingen an den getäfelten Bürowänden, und Bleiglasfenster gaben den Blick auf die weite

Rasenfläche draußen frei. Aus irgendeinem Grund hatte Holly ein wenig gehofft, dass auch Frank Shepherd anwesend wäre, der Moderator der *Haverty Talentstunde*.

Dr. McSpadden war viel kleiner, als Holly es sich vorgestellt hatte. Sein Kopf war kahl und er trug einen grauen Anzug mit einer dunkelblauen Fliege.

Holly erkannte an seinen warmen, blauen Augen, dass er ein gutes Herz haben musste.

»Willkommen in Haverty! Hallo, Holly. Guten Tag, Mrs. Lovell. Wie war die Fahrt?«, fragte Dr. McSpadden und gab erst ihr die Hand, dann ihrer Mom.

»Gut, vielen Dank«, sagte Holly und wippte unruhig hin und her. *Okay, eine Frage geschafft, bleiben nur noch eine Million andere.*

»Die Fahrt war ganz wunderbar«, versicherte Wanda dem Direktor. »Wir sind Ihnen dafür so dankbar!« Für einen Augenblick glaubte Holly, dass Dr. McSpaddens Blick sich auf das Muttermal ihrer Mom konzentrierte. Aber er verhielt sich, als wäre alles in Ordnung.

»Also, was weißt du über Haverty, Holly?«, fragte er und wies mit einer Hand auf zwei Sessel, in denen Holly und Wanda Platz nehmen sollten. Und dann setzte er sich ebenfalls.

»Ich weiß, dass ich sehr gern hierher kommen würde«, sagte Holly ehrlich. Ihre Mutter lachte nervös.

Gott sei Dank lächelte Dr. McSpadden. »Das kann ich mir vorstellen. Über hundert sehr angesehene Künstler, Komponisten, Dirigenten, Gelehrte und Erzieher sind hier in Haverty beschäftigt.« Er beugte sich über seinen Tisch. »Bei uns unterrichtet sogar jemand, der den Pulitzerpreis gewonnen hat. Und auch Grammy-Award-Gewinner halten Unterrichtsstunden ab. Bei uns im Kollegium sind bekannte Schriftsteller vertreten so wie auch Popstars. ASCAP-Award-Gewinner und andere berühmte Musiker, die schon in den größten Konzertsälen der Welt aufgetreten sind …«

»Wow«, sagte Holly und atmete tief durch. Sie hatte gewusst, dass Haverty eine beeindruckende Schule war, aber bisher hatte sie sich nie vorgestellt, dass sich all diese Talente auch tatsächlich an diesem einen Ort aufhielten.

Sie spürte, wie sie unsicher wurde.

»Holly, lass mich ehrlich sein. Du bist für das Zulassungsverfahren in diesem Jahr sehr spät dran. Die meisten unserer Schüler von der High School fangen hier während ihres ersten Jahres an, und die Entscheidungen über die Zulassungen fallen normalerweise schon im April.«

»Aber jetzt ist Juli und ich bin doch auch schon im zweiten Jahr, in der Sophomore-Klasse«, platzte Holly nervös heraus.

Der Direktor lächelte. »Das stimmt. Aber wir haben unerwartet in unserer Sophomore-Klasse noch ein paar Plätze frei – ein Schüler ist versetzt worden, eine andere Schülerin hat entschieden, dass sie doch nicht nach Haverty kommen will. Und als wir dein Band erhielten, waren wir so beeindruckt, dass wir dich zu einem Gespräch hergebeten haben, obwohl es schon Sommer ist und wir das normalerweise anders handhaben.«

Er sah Wanda an. »Wenn Sie gern eine Tasse Tee oder Kaffee hätten, wird Mary Ann Ihnen eine bringen. Ich werde Holly jetzt zum Stipendiatinnen-Komitee in den Nebenraum begleiten, Eltern sind dort nicht erwünscht.«

Bevor Holly ihm sagen konnte, dass es nun wirklich absolut nicht menschenmöglich wäre, dass sie ohne ihre Mom dort hinging, nickte Wanda bereits zustimmend, als hätte sie nichts anderes erwartet. »Ich hätte *wirklich* gern einen Tee. Vielen Dank.« Sie griff in ihre Handtasche und reichte Holly das Band. »Viel Glück, Schätzchen«, flüsterte sie.

Holly schluckte ihre Angst hinunter und folgte Dr. McSpadden in einen Raum, der sich gleich neben dem Büro des Direktors befand. Dort saßen drei Männer und zwei Frauen an einer Seite eines langen Tisches. Vor jedem lag ein Notizblock und ein Stift, außerdem stand vor jedem ein Namensschild. Sie alle bedachten Holly mit einem höflichen, aber zurückhaltenden Lächeln.

Sie lächelte ebenfalls.

Dr. McSpadden setzte sich an den Kopf des Tisches und stellte das Komitee vor. Es waren lauter Professoren in den Fächern Stimme, Drama, Percussion ... Holly war völlig verwirrt von den vielen Titeln. Sie setzte sich den Prüfern gegenüber und das Vorstellungsgespräch begann.

Holly hatte in ihrem ganzen Leben noch nie so viele Fragen beantwortet. Und es ging noch nicht einmal ausschließlich um Musik oder Schulwissen, wie sie erwartet hatte. Dieses Komitee wollte auch etwas über das Leben in Biscay erfahren. Über ihre Familie. Ihre Freunde.

»Wer, denken Sie, hat Sie am meisten beeinflusst?«, fragte Mr. Felton, das jüngste Mitglied des Komitees.

»Meine Mom«, sagte Holly, ohne zu zögern.

Alle lächelten. »Ich meinte musikalisch«, erklärte Mr. Felton freundlich.

Holly errötete. »Na ja, ich liebe Whitney Houston, Celine Dion und Mariah Carey«, sagte sie. »Aber ich kann nicht genau sagen, wie sehr sie mich beeinflusst haben. Ich öffne einfach meinen Mund und singe, was in meinem Herzen ist.«

»Können Sie uns erklären, wieso Sie bis heute kein Musikinstrument spielen gelernt haben?«, fragte Ms. Gonzalez und schaute Holly interessiert an.

»Wir konnten uns die Unterrichtsstunden nicht leisten.« Holly war es richtig peinlich, das sagen zu müssen, aber es entsprach nun mal der Wahrheit. Die Mitglieder des Komitees reagierten auf ihre Antwort nicht so, als hätte sie etwas Falsches gesagt … aber sie reagierten auch nicht so, als hätte sie *irgendwann* bisher etwas Richtiges gesagt.

»Haben Sie schon einmal über eine Karriere als Musiklehrerin nachgedacht?«, fragte Mrs. Barnes und zog eine Augenbraue hoch. Sie hatte einen britischen Akzent.

»Nein«, sagte Holly. Die Sängerin in ihr antwortete ein bisschen zu schnell. »Nicht, dass es mir nicht gefallen könnte«, versicherte sie eilig. »Es ist nur … ich bin erst vierzehn. Da denkt man noch nicht unbedingt über einen Beruf nach.« Vielleicht konnte sie, wenn es mit dem Singen nichts wurde, *tatsächlich* unterrichten?

Als die Frage-Antwort-Runde schließlich vorbei war, hatte Holly das Gefühl, ihr Hirn bestünde nur noch aus Kartoffelbrei.

»Wir machen eine kurze Erfrischungspause, dann kommen wir zum schriftlichen Teil des Zulassungsverfahrens«, erklärte Mr. Felton.

Holly lutschte an einem überreifen Stück Cantaloupe-Melone und trank ein bisschen Sprudelwasser. *Was Mom wohl gerade macht?*, dachte sie und versuchte, in das andere Büro zu spähen. Sie hatte nicht damit gerechnet, dass die Prüfung so lange dauern würde.

Nach ein paar Minuten war die Pause vorbei und

man legte Holly ein mehrere Zentimeter dickes Aufgabenbuch vor. Dr. McSpadden sagte, sie hätte zwei Stunden Zeit, um die Multiple-Choice-Fragen zu beantworten und die geforderten Texte zu schreiben.

Dann saß sie allein am Tisch. Sie drückte die Mine ihres Bleistiftes nervös auf den Umschlag des Aufgabenbuches. Sie hörte sich atmen. Schwer.

Sie starrte mit leerem Blick auf das Aufgabenbuch, bis sie endlich den Mut aufbrachte, es zu öffnen. *Jetzt oder nie*, sagte sie sich entschlossen.

Der Multiple-Choice-Test war einfacher, als Holly erwartet hatte. Es ging um Grundrechenarten, Englisch und amerikanische Geschichte. Die schriftlichen Aufgaben waren die schwierigsten, bei den meisten schien man ein aktuelles Ereignis mit einem historischen vergleichen zu müssen. *Die große Dürre … Vietnam … der Golfkrieg …*

Sie überflog die Fragen. Dann schaute sie auf die Uhr. Sie hörte und spürte, wie sie schluckte. Ihr blieben weniger als fünfunddreißig Minuten und sie hatte kaum die Hälfte der Aufgaben geschafft.

Sie begann schneller zu schreiben, als sie denken konnte. Ihre Schrift war bloß noch ein einziges Gekritzel. *Keine Zeit zu radieren*, dachte sie. Genauso wie wenn sie zum ersten Mal ein neues Lied sang, würde sie auf ihre Instinkte vertrauen.

Ihre Hand war verkrampft und sie war sehr müde, als Dr. McSpadden schließlich hereinkam, um ihr zu sagen, dass die Zeit abgelaufen sei, und er ihr Aufgabenbuch jetzt an sich nehme. Falls Sie wolle, könne Sie sich kurz frisch machen gehen, dann sollte sie sich beim Komitee zurückmelden.

»Also los«, sagte Mr. Felton. Er zog die Abdeckung von einem Piano fort, das weiter hinten in dem großen Saal stand. »Sarah wird dich begleiten.« Er nickte einem Mädchen vom College mit halblangen braunen Haaren und einer Zahnspange zu. Es lächelte Holly an.

»Ich verstehe nicht recht«, begann Holly unsicher. Sie war immer noch ganz geschafft von der schriftlichen Prüfung. Sie zog die Kassette aus der Tasche. »Ich habe meine eigene Musik mitgebracht. Ich dachte, das wäre so geplant. Sie haben mir doch gesagt, ich müsste mit Klavierbegleitung singen.«

Mr. Felton lächelte und nickte Sarah zu. »Und

das werden Sie auch. Aber live. Nicht vom Band. Und wir suchen die Musik aus.«

Holly hatte das Gefühl, als wäre sie zu oft hintereinander Riesenrad gefahren. Ihr war übel genug, um ... na ja, um sich sehr übel zu fühlen. Sie hatte noch niemals ein Lied, das sie nicht kannte, mit einer Pianistin gesungen, die sie zum ersten Mal sah.

Sie hatte in der Kirche zu Piano- und Orgelbegleitung gesungen, aber zu Hause begleitete sie immer Musik vom Band. Als man Sarah die Noten auf den Notenständer stellte, bekam Holly eine Gänsehaut.

Die Pianistin würde spielen und Holly sollte das Lied vom Blatt singen, erklärte man ihr. Sie musste dazu ein Mikrofon benutzen, das an einen Recorder angeschlossen war. Nachdem sie mehrere Lieder gesungen hatte, würden diese wieder abgespielt werden, und Holly musste dann zu ihrer eigenen Stimme singen.

»Wir wollen hören, wie gut Sie phrasieren und wie gut Sie das duplizieren können«, erklärte Ms. Gonzalez.

Die Pianistin spielte den Anfang eines Rodgers-und-Hammerstein-Songs, den Holly noch nie zuvor gehört hatte.

Dann spielte sie den Anfang noch einmal.

Und noch einmal.

Holly konnte ihre Lippen nicht bewegen. Diese Fremden starrten sie an, während sie versuchte, zu Sarahs Klavierspiel zu singen, aber es ging nicht.

Reiß dich zusammen, befahl sie sich, als Sarah abermals von vorn anfing. Sie durfte jetzt nicht aufgeben.

Sie durfte ihre Mutter nicht enttäuschen.

Und diesmal sang sie den Song – sie hoffte, in perfektem Rhythmus und Tempo. Als Nächstes kam ein Lied von Paul Simon, dann folgten welche von klassischen Komponisten des zwanzigsten Jahrhunderts. Und Holly sang all diese Stücke, als hätte sie niemals etwas anderes gesungen.

Dann wurde das Band zurückgespult und die Mitglieder des Auswahlkomitees beugten sich vor, um besser zu hören, ob Holly auch den nächsten Durchgang schaffte.

Sie sang jedes Lied mit genau derselben Phrasierung und hielt jede Note genauso lang, während sie gleichzeitig harmonisierte. Niemand hatte sie gelehrt, das zu tun. Sie sang zum Beispiel eine Strophe im Tenor über der Melodie, und die nächste im Alt darunter.

Ihre Harmonien passten perfekt zu ihrer Melodiestimme. Sie wusste, dass das, was sie tat, in Plattenstudios *Overdubbing* genannt wurde, zumindest hatte sie das gelesen. Nicht ein einziges Mal übertönte sie die Melodiestimme.

Normalerweise klatschten die Leute, wenn Holly sang. Aber heute gab es keinen Applaus. Nicht einmal ein kleines »Gut gemacht, Mädchen!« Das Band wurde angehalten, zurückgespult, wieder angeschaltet. Fünfundvierzig Minuten lang sang Holly, hielt inne, hörte zu, sang erneut.

Mitten in einem ihrer Lieder stand Dr. McSpadden plötzlich auf. »Hiermit ist Ihre schriftliche und musikalische Bewerbung an der Haverty School of Music and the Performing Arts abgeschlossen«, sagte er. »Sie werden innerhalb von fünf Arbeitstagen vom Komitee Nachricht erhalten, ob Ihre Bewerbung angenommen wurde.«

»Ich danke Ihnen«, sagte Holly, tastete nach ihrer Tasche und stopfte die Kassette hinein. *Ich hab's vermasselt*, dachte sie, als sie aus dem Saal eilte. Sie floh vor dem mitleidigen Lächeln der Komitee-

Mitglieder. Sarah hatte den Rodgers-und-Hammerstein-Anfang tausend Mal spielen müssen, bevor Holly in der Lage gewesen war, das Lied zu singen. Ihre Stimme hatte blechern und schwach geklungen. Es war nicht die starke, kraftvolle Stimme gewesen, die laut und frei in ihrem Zimmer in Biscay erklang. Und als wäre das nicht schon schlimm genug, man hatte sie zudem mitten in ihrem letzten Lied unterbrochen.

Sie wollten ihr noch nicht einmal länger zuhören. So schlecht war sie offensichtlich gewesen.

Und vergiss nicht den schriftlichen Teil, sagte die hässliche kleine Stimme in ihrem Kopf. *Du weißt ganz genau, dass du den höchstwahrscheinlich ebenfalls vermasselt hast. Die Frage über die Kubakrise hast du ganz bestimmt nicht richtig beantwortet!*

Hollys Augen füllten sich mit Tränen, während sie schnell durch den Flur hastete. Sie achtete nicht darauf, dass ihre Sandalen bei jedem Schritt auf dem polierten Parkettboden Beifall klatschten. Sie hatte sich so sehr gewünscht nach Haverty zu kommen! Wenn sie doch nur noch eine einzige Chance bekommen würde! Aber es war wohl zu spät.

Und als sie dann ihre Mutter sah, die in Dr. McSpaddens Büro in einer Zeitschrift blätterte, liefen ihr die Tränen groß und feucht über die enttäuschten Wangen.

Kapitel fünf

HOLLY MACHTE SICH am Dienstag nicht einmal die Mühe, nach der Post zu schauen. Am Mittwoch verbrachte sie den ganzen Tag damit, zusammen mit Annabel CDs zu hören. Am Donnerstag gingen Tyler und sie mit ein paar anderen Schülern zum Bowlen. Freitag weigerte Holly sich immer noch, auch nur in den Briefkasten hineinzugucken. Sie ging mit Wanda einkaufen und half ihr dann, den Küchenfußboden zu schrubben, bis er fast genauso glänzte wie die Böden in Haverty.

Haverty. Holly glaubte nicht, dass sie jemals wieder die *Haverty Talentstunde* anschauen konnte. Sie war so nah dran gewesen, *so nah* … Und sie hatte es vermasselt.

Als auch in den nächsten Tagen kein Antwortschreiben kam, war sie allerdings doch ein wenig überrascht. »Bist du sicher, dass du das Komitee richtig verstanden hast?«, fragte Wanda immer wieder.

Holly seufzte. Das Missverständnis wegen der Klavierbegleitung ging ihr noch immer durch den Kopf. »Ja, Mom. Dr. McSpadden hat gesagt, in fünf Arbeitstagen wüsste ich so oder so Bescheid.«

Ich schätze, ich bin nicht einmal das Porto wert, dachte sie, während sie ihr Spiegelbild im Badezimmerspiegel betrachtete.

»Bitte gib mir doch mal diesen hübschen rosa Samt dort«, bat Connie Phelps von ihrem Platz aus. »Ich dachte gerade, dass das doch ganz nett hier am Rand aussehen würde.«

Holly reichte ihr den Stoff. Einmal im Monat veranstaltete ihre Mutter einen Nähabend bei sich zu Hause. Ungefähr zehn Frauen trafen sich seit Monaten und arbeiteten zusammen an einem großen Quilt, der nun fast fertig war: Sonnenblumen, Gänseblümchen und Tulpen blühten auf feinstem Nesselstoff, der aus gold- und erdtonfarbenen Garnen gesponnen war.

Juanita seufzte. »Eines Tages werde auch ich lernen, wie man so etwas näht. Ganz bestimmt«, sagte sie, während die anderen Frauen kicherten. Sie knabberte ein paar Pecannüsse.

»Wie schade, dass Ginny heute nicht kommen konnte«, sagte Wanda und strich ein paar aus Stoff gefertigte Blätter glatt. »Wir sind jetzt fast fertig, und es wäre doch schön gewesen, wenn sie es hätte sehen können.«

Ruby kicherte. »Ginny Anderson ist todlangweilig, und das weißt du genau, Wanda Jo!«

Holly wollte auch lernen, wie man solch eine Decke nähte – obwohl ihr im Augenblick eigentlich nicht der Sinn nach diesen Dingen stand. Es waren über zwei Wochen vergangen, und sie hatte immer noch nichts von Haverty gehört. Sie hatten nicht einmal den Anstand gehabt, sie wissen zu lassen, dass sie abgelehnt worden war! Und vor allem, nachdem Dr. McSpadden zugesichert hatte, sie würden sich in jedem Fall bei ihr melden ... Das war wirklich ärgerlich.

Ihre Mom, Tyler und auch Annabel hatten versucht, sie aufzuheitern. Holly hatte das zwar zu schätzen gewusst, aber es war eben nicht möglich zu lächeln, wenn einem gerade ein großer Traum wie eine Seifenblase zerplatzte. Sie wollte sich am Nachmittag in ihr Zimmer verkriechen und ein paar alte Patsy-Cline-Platten hören, aber Wanda hatte sie gebeten, an ihrem Nähzirkel teilzunehmen, und schließlich hatte sie sich auch dazu bereit erklärt.

Ein kräftiges Klopfen an der Tür ließ alle zusammenfahren. »Verdammt! Ginny muss dich gehört haben«, sagte Ruby mit einer Nadel zwischen den Zähnen.

»Ich geh schon!«, rief Holly. Sie war überrascht, dass die Freundin ihrer Mutter die Vordertür benutzte. Dort klopfte sonst eigentlich nie jemand … außer vielleicht ein Bote von *FedEx*.

»Wohnt hier eine Miss Holly Faye Lovell?«, fragte der uniformierte Mann, der vor der Tür stand. Er hielt ein weißes Päckchen in den Händen.

»Das bin ich!«, sagte Holly, während ihre Mutter neben sie trat.

Der Mann hielt ihr ein kleines digitales Registriergerät und einen leichten Stift hin. »Wenn Sie bitte hier unterschreiben würden …«

Warme Sommerluft umflutete Holly, während sie auf der wackeligen Unterlage unterschrieb.

»Es tut mir Leid, dass Sie ihr Päckchen erst so spät erhalten«, entschuldigte sich der Mann. Er betrachtete all die neugierigen Gesichter hinter Holly.

Wanda runzelte die Stirn. »Spät?«

Er nickte. »Letzte Woche war doch der schwere Sturm und ich hatte große Probleme, die richtige Adresse zu finden. Ich dachte, sie wohnen 45 Kendall Court und nicht 45 Kendall *Crescent*, wie es richtig lautet. Ich habe das Päckchen am falschen Haus abgegeben und die Familie dort hat sich erst jetzt gemeldet.« Er überreichte es Holly. »Also noch einmal, es tut mir sehr Leid, Miss.«

Holly war plötzlich ganz aufgeregt.

Keine im Raum dachte mehr ans Nähen. Die Frauen waren alle still, einige von ihnen zum ersten Mal in ihrem Leben.

»Es ist aus Haverty«, sagte Holly. Sie schaffte es kaum, diesen Namen auszusprechen und starrte sprachlos auf den Absender.

»Natürlich ist es aus Haverty«, bestätigte Juanita, deren Gesicht vor Aufregung ganz rot geworden war. »Willst du es nicht aufmachen?«

»Mach du.« Holly warf ihr das Päckchen hin. »Ich trau mich nicht.« Ihre Hände waren schweißnass, und sie fürchtete einen Augenblick lang, ohnmächtig zu werden.

»Das mache ich doch glatt, Miss Holly.« Juanita fuhr mit der Kante ihres langen roten Fingernagels über das Klebeband und das Päckchen öffnete sich. »Was haben wir denn da?«

Jemand stöhnte, als sie … einen blassgelben Pullover mit einem losen Faden am Rücken herauszog.

Den Pullover, den Holly beim Vorsingen getragen hatte.

Holly bekam ganz weiche Knie.

»Sie … sie haben dir deinen Pullover geschickt«, sagte Wanda leise. Sie nahm das Päckchen und ließ sich auf ihren Stuhl fallen.

Hollys Augen begannen schneller zu zwinkern als die eines Kaninchens. »Ich muss ihn beim Vorsingen vergessen haben.«

Niemand sagte etwas. »Es ist sehr nett von ihnen, den Pullover mit einem teuren Kurierdienst zu schicken«, wagte dann schließlich Olive zu sagen, eine rundliche, plumpe Frau mit Brille, die sich immer in die Finger stach, wenn sie nähte.

Juanita blickte sie böse an.

Wanda schnappte plötzlich aufgeregt nach Luft

und rief: »Hey! Hey, Augenblick mal, da ist noch etwas drin!« Sie zog einen knisternden weißen Umschlag aus der Verpackung.

Holly schluckte. Abermals wurde es völlig still im Raum. Olive hielt sich die Hand vor den Mund.

Holly wusste nicht, wie sie neben Wanda gelangt war, doch dann half sie ihrer Mom, den Umschlag aufzureißen. Ihre Hände zitterten. Sie las: *Wir gratulieren!*

Mehr musste sie auch nicht lesen. Denn das übernahm Wanda für sie.

»Du bist in Haverty für das Herbstsemester angenommen worden«, verkündete sie, und die Tränen liefen ihr über das Gesicht. Sie umarmte ihre Tochter. »Mit einem vollen Stipendium für Unterbringung, Essen, Lehrgeld und Bücher!«

Der Freudenschrei, der über Hollys Lippen drang, war das Einzige, was sie hervorbringen konnte, bevor sie umarmt und geküsst und beweint wurde.

Ich habe es geschafft! Ich gehe nach Haverty!, dachte Holly, trunken vor Freude.

»Jetzt müssen wir den Quilt neu nähen«, verkündete Ruby und nahm Hollys aufgeregtes Gesicht in die Hände. »Jetzt können da nicht mehr einfach nur Sonnenblumen und Gänseblümchen und Tulpen drauf sein, meine Zuckermaus.«

Eine Glückswelle durchflutete Holly. »Warum nicht?«

»Weil nun alles so rosig aussieht für uns und unser Mädchen – wir müssen Rosen nähen!«

Kapitel sechs

In Biscay, Mississippi, war die Zeit noch nie so schnell vergangen wie in den Wochen, nachdem Holly Lovell *den Brief* erhalten hatte. Und die Leute erzählten sich: »Hast du von Holly Faye gehört? Sie hat den Brief erhalten.«

»Der Brief, der Brief, verdammt, ich wünschte, *ich* hätte so einen Brief bekommen«, beklagten sich die anderen Teenager, wenn sie über die Steine unten am Fluss sprangen und bei voller Lautstärke CDs im Gettoblaster abspielten.

»Der Brief ist mit *FedEx* gekommen, ist denn das zu glauben?«, erzählten die alten Männer, die vor der Apotheke auf ihren Mundharmonikas spielten, jedem, der ihnen zuhörte.

Alle in der Stadt freuten sich für Holly. Doch niemand freute sich mehr als ihre Mom. Bis zum fünften September hatten sie noch Zeit, dann war der Orientierungstag für die neuen Schüler. Am nächsten Tag bereits begann der Unterricht.

Wanda rief all ihre Kunden an. »Es tut mir Leid, aber sie können den Anzug doch noch nicht so bald abholen«, sagte sie. »Ich muss meine Tochter für Haverty ausstatten!«

Holly saß auf dem Boden in ihrem Zimmer. Sie hatte ihre spärliche Garderobe um sich herum ausgebreitet. Diese Sachen reichten für die Biscay High oder um unten am Fluss zu sitzen oder zum Bowlen zu gehen. Aber wie würde sie in Haverty darin aussehen? Sie war ganz sicher, dass die Mädchen dort alle möglichen schicken Klamotten hatten, Klamotten, die sie selbst sich nie im Leben würde leisten können.

Und dann schüttelte Holly den Kopf. Wieso um Gottes willen machte sie sich solche Sorgen um ihre Kleidung? Sie war an einer der angesehensten Musikschulen des Landes angenommen worden, weil sie singen konnte. Und nicht wegen ihrer langen blonden Haare oder ihrer handgenähten Klamotten. Wenn den Leuten dort nicht gefiel, wie sie aussah, dann war es deren Problem.

Nur eine Minute später jedoch war sie noch verzweifelter als zuvor.

Was soll ich bloß anziehen?

Ihre Mom betrachtete Hollys Zimmer, das aussah wie nach einem Minihurrikan. »Wie lautet das Urteil?«, fragte sie.

Holly hielt ihre Sommerkleider hoch, dann einige Hosen, ein paar Röcke. »Es sieht nicht allzu gut aus, Mom«, sagte sie mit gepresster Stimme. »Ich brauche viel mehr Anziehsachen als diese hier. Seit letztem Jahr bin ich mindestens drei Zentimeter gewachsen. Von meinen Herbstsachen passt mir nichts mehr.« *Ganz abgesehen davon, dass ich aussehen werde wie der größte Trampel der Welt*, dachte sie nervös. Sie wusste nicht einmal, was zurzeit angesagt war. Wenn aber gerade Secondhandklamotten in waren, dann wäre sie bestens bedient.

»Ich kann dir noch zwei dunkle Röcke und ein halbes Dutzend Blusen machen, wenn ich jeden Tag nähe«, sagte Wanda und begutachtete kritisch eine der Blusen. »Vielleicht muss ich dir noch ein paar Sachen nachschicken, nachdem die Schule losgegangen ist, aber bis November sollte deine Garderobe komplett sein.« Sie lächelte. »Was hältst du davon, wenn wir beide neue Stoffe kaufen? Ich könnte dir doch einen hübschen Tweedrock nähen.«

»Klar, Mom.« Holly wusste, dass Wanda ihr Bestes gab. Und dennoch ... Wenn sie sich bloß leisten könnte, mit dem Bus nach Hattiesburg zu fahren und richtig einkaufen zu gehen! Klamotten mit Schildchen, auf denen *Gap* oder *Old Navy* stand, nicht *extra für dich gemacht von Wanda*. Aber sie würde das nie, niemals sagen können. Das wäre schrecklich respektlos, und Holly hatte größten Respekt vor ihrer Mom.

»Mom, dann musst du praktisch Tag und Nacht arbeiten, nur um mich für die Schule auszustatten«, sagte Holly und fühlte sich unwohl bei diesem Gedanken.

»Bloß für ein paar Tage«, sagte ihre Mutter. »Du hast dein Leben lang darauf gewartet, nach Haverty zu gehen. Was sind dagegen ein paar Tage?«

Wanda nähte vom Morgengrauen bis zum Mittag. Danach erledigte sie noch einige dringende Arbeiten für Kunden – sie hatte Sorge, sonst später nicht mehr alles aufholen zu können.

Holly wünschte, sie hätte selbst ein bisschen Geld dazuverdienen können. Aber es hatte sich keiner gemeldet, der sie als Babysitter haben wollte. Und da ihr nur noch ein paar Wochen bis zur Abreise blieben, lohnte es sich auch nicht mehr, etwas Neues in die Wege zu leiten. Doch dann ließ Juanita sie in ihrem Friseursalon aushelfen, und so konnte Holly doch noch ein bisschen Geld sparen.

Am Abend bevor Holly nach Haverty fahren sollte, betrachteten Wanda und sie noch einmal alle Sachen, die Wanda mitnehmen wollte. Die neuen Röcke lagen bereits ordentlich gefaltet im Koffer, gleich daneben die Blusen und drei neue Pullover – einer von Ruby gestrickt, einer von ihrer Mutter und ein rosafarbener, den sie bei Vivi's mit fünfundzwanzig Prozent Rabatt erstanden hatte. Die Toilettenartikel steckten in Plastiktüten, die Kissen und die Bettbezüge sowie einige private Dinge in einem Karton. Um Bücher und Schulunterlagen kümmerte sich die Schule. Und da sie dort auch zu Essen bekam, musste sie keinen Kocher oder Geschirr mitnehmen.

»Ich kann jetzt erst glauben, dass ich wirklich

fahre«, sagte Holly und schmiegte sich an ihre Mutter.

»Das glaube ich auch.«

Ein paar Nachbarn versammelten sich schon vor Sonnenaufgang, um Wanda und Holly zu helfen, den verbeulten Chevrolet zu beladen. Annabel hatte sich am Telefon von ihr verabschiedet. Sie hatte gesagt, sie würde niemals mehr aufhören zu weinen, wenn sie persönlich käme.

»Wieso konntest du uns für die Fahrt keine Corvette besorgen?«, fragte Holly Tyler, als sie ihn zum Abschied umarmte. Ihr Herz hämmerte in ihrer Brust, und sie fürchtete, dass sie in Tränen ausbrechen würde, noch bevor sie im Wagen saß.

»Die hebe ich mir auf, um dich damit besuchen zu kommen«, flüsterte er und küsste sie auf die Stirn.

In Hollys Hals hatte sich mittlerweile ein Kloß von der Größe des Staates Texas geformt. Sie hätte nie im Leben geglaubt, dass all diese Leute kommen würden, um sie zu verabschieden ... dass es überhaupt so viele Leute interessierte, wohin sie ging.

Ihr wurde plötzlich klar, dass sie ihr alle ganz schrecklich fehlen würden.

»Hey, es ist ja nicht so, als würdest du nach New York City ziehen.« Tyler versuchte, sie zum Lachen zu bringen. »Du bist doch bloß ein paar Stunden entfernt.«

Holly schniefte. »Ich weiß.« Wenn die anderen Haverty mit ihren Augen hätten sehen können, dann hätten sie gewusst, dass es ihr tatsächlich so vorkam, als würde sie auf einen anderen Planeten ziehen.

Ein Planet mit glänzend polierten Böden und Menschen, die lauter besondere Titel trugen und die ohne diesen breiten Südstaatenakzent sprachen.

Auf eine ganz bestimmte Art war es *genau so*, als zöge sie nach New York City.

Ruby überreichte Holly einen Kuchen, einen *Devil's food cake*, bevor sie weinend davonlief.

Holly stellte den Kuchen, der mit Aluminiumfolie geschützt war, auf den Rücksitz des Wagens. Sie umarmte jeden ihrer Freunde. Küsste sie. Weinte. Noch mehr Umarmungen. Noch mehr Tränen.

»Bis bald, Ihr Lieben!«, rief sie zum Fenster hinaus, als ihre Mutter aus der Auffahrt fuhr und in Richtung der Interstate abbog. »Ich werde euch alle vermissen!«

Ihre Freunde winkten ihr immer noch nach, als Holly sich schon lange umgedreht hatte und ihr Gesicht dem vor ihr liegenden Highway zuwandte.

Sie bogen von der Interstate ab und Holly reckte den Hals, um nach dem Schild Ausschau zu halten, das den Weg nach Haverty wies. Es war kurz nach acht Uhr dreißig morgens. Ob es noch früh genug war, so dass sie vor den anderen Schülern ankäme?

Da bockte der Wagen und blieb stehen.

Nein. Keine Hoffnung.

Wanda drehte den Schlüssel im Zündschloss. Nichts. Der Wagen hustete, und schließlich sprang er dann doch wieder an. Sie konnten weiterfahren.

»Wow!« Holly und ihre Mom schauten einander erleichtert an.

»Einen Augenblick lang dachte ich, wir müssten trampen«, scherzte ihre Mom.

Schließlich bog sie in die Auffahrt der Schule ein. Holly hielt die Luft an. Sie fragte sich, ob die Schule diesmal genauso großartig wirken würde wie letztes Mal.

Und schon kam das Gebäude in Sicht.

Und auch die zahllosen Wagen von Mercedes, BMW, Jaguar oder Lexusse, all die Geländewagen und Luxusautos, die Stoßstange an Stoßstange in der Auffahrt standen. Sogar eine Limousine befand sich darunter!

Langsam steuerte Wanda ihr altes Auto auf den großen Kreisel zu, wo die Schüler und Schülerinnen ihre Taschen ausluden.

»Oje«, sagte Wanda und runzelte die Stirn. »Das ist nicht gut.«

»Was ist denn los, Mom?«, krächzte Holly und wandte sich ihrer Mutter zu, damit nur ja niemand anderes ihr Gesicht sehen könnte.

»Der Wagen ist viel zu langsam«, erklärte Wanda nervös. »Er wird zu heiß. Ich hoffe nur, dass er nicht doch noch liegen bleibt.«

»Du machst doch Witze«, sagte Holly mit zusammengebissenen Zähnen. »Bitte, Mom. Lass das nicht vor all diesen Leuten passieren.«

Der Wagen fuhr noch ein kleines Stück weiter, dann mussten sie wieder anhalten. Die Eltern in den

Autos vor Wanda ließen sich ausführlich Zeit, ihre Kinder auszuladen und sich von ihnen zu verabschieden.

Nach fünfzehn langen, angespannten Minuten schafften sie es schließlich zum oberen Ende des Kreisels und hielten vor den großen Türen. Als Wanda auf Parken schaltete, begann der Motor zu qualmen.

Holly riss ihre Sachen so schnell wie sie nur konnte vom Rücksitz. Alle anderen um sie herum hatten edle Gepäckstücke mit Rädern und Griffen, die man ausziehen und versenken konnte. Es gab Täschchen in leuchtenden Farben und Plastikkisten mit Computern und Stereoanlagen.

Holly besaß nur einen zerschrammten alten Koffer und drei Kartons, auf denen stand: TOMATENSAUCE. 24 DOSEN PRO KARTON. Sie zerrte einen der Kartons so hektisch aus dem Wagen, dass sie dabei den Kuchen zu Boden riss.

»Rubys Kuchen!«, sagte Wanda entsetzt.

»Vergiss ihn!«, zischte Holly. Jedes freundliche Gefühl Ruby gegenüber löste sich in dem Verlangen auf, um keinen Preis vor ihren potenziellen Klassenkameraden Schokoladenguss aufwischen zu müssen.

Plötzlich setzte der Motor des Wagens aus. Der Rauch quoll unter der Motorhaube hervor.

»Oh, Schei ... benkleister!«, kreischte Wanda mit einer Stimme, die wie die überaus gelungene Karikatur eines Südstaatlers klang. »Was mach ich denn jetzt?«

Von irgendwo hinten in der Reihe rief jemand: »Jetzt hau schon ab mit deiner Schrottkarre!«

»Ich mach erst mal die Haube auf«, sagte Wanda eilig und zog an einem Hebel. Sie begann zu husten. Ein paar Männer, die in der Nähe standen, lachten.

»Mom!«, sagte Holly mit zusammengebissenen Zähnen und wunderte sich, dass sie nicht gleich hier auf der Stelle in Ohnmacht fiel. »Wie peinlich!«

»Kann ich dir helfen?« Ein Collegeboy in einer Khakihose und einem Haverty-T-Shirt kam näher und zeigte auf Hollys Kisten.

»Ja, *bitte*«, sagte Holly und klammerte sich an ihren letzten Rest Würde. Der Junge hob ihre Kisten auf und stellte sie auf eine Karre.

Holly griff nach ihrem Koffer und wollte ihn

selbst auf die Karre stellen. Ein Mädchen, mit einer Lederhose und einem hautengen weißen T-Shirt bekleidet, ging an ihnen vorbei. Es trug ein kleines Ledertäschchen und einen passenden Beutel, der gerade groß genug für einen Lippenstift war. Sie zog eine ihrer dünnen, blonden Augenbrauen hoch und schaute in Hollys Richtung.

So hatte Holly hier ganz bestimmt nicht ankommen wollen.

»Ich kann das machen, Miss«, sagte der Junge und nahm ihr den Koffer aus der Hand. »Lassen Sie mich das Gepäck nehmen, das ist mein Job.«

Holly biss sich auf die Lippen, während er ihre Sachen auf seine Karre stellte. In jeder Sekunde, die verging, waren sie und der kaputte Wagen für alle zu sehen.

Und zu verspotten.

Wanda fächelte dem rauchenden Motor Luft zu. Die Hitze des Wagens ließ ihr Muttermal immer stärker erröten und noch auffälliger werden als sonst.

Holly schaute sich besorgt um. Glaubten jetzt nicht alle, dass sie und ihre Mama die reinsten Witzfiguren waren?

Bleib cool, befahl Holly sich. Jetzt nur nicht endgültig die Nerven verlieren.

Wanda tippte nervös mit dem Schuh auf den Zementboden. »Vielleicht kann ich jemanden von den anderen Eltern bitten, mir zu …«

Holly zwinkerte ins Morgenlicht. Sie konnte sich nicht darauf konzentrieren, was ihre Mutter sagte. Sie wollte nichts lieber, als Wanda einen Abschiedskuss geben und abhauen. Der Kuchen, das Auto, der Rauch, das Muttermal – plötzlich war das einfach zu viel für sie. Ein Albtraum. Wanda zurück nach Biscay zu schicken war Hollys einzige Chance, daraus wieder zu erwachen.

»Sind wir nicht auf dem Weg hierher an einer Tankstelle vorbeigefahren?«, fragte sie mit betont unschuldiger Stimme und strich sich die Haare hinter die Ohren.

Ihre Mutter schaute sie über die Schulter hinweg an. »Ich bin nicht sicher, Holly. Und ich bin auch nicht sicher, ob ich überhaupt bis dahin komme …«

»Aber bestimmt!« Holly war verzweifelt. »Und wenn es sein muss, dann ruf doch Tylers Daddy an. Sie können aus der Werkstatt hierher kommen und den Wagen gleich reparieren.«

»Möchtest du denn nicht, dass ich mit reingehe? Dir beim Einrichten helfe?«

»Ich komm schon klar.« Holly beugte sich vor und drückte ihrer Mutter schnell noch einen Kuss auf die Wange. »Ich … ich muss jetzt los.« Sie wies mit dem Kopf in Richtung der Schule. »Ich will schließlich nicht das Orientierungstreffen verpassen. Wir sehen uns an Thanksgiving.«

Bevor Wanda protestieren konnte, floh Holly durch die Doppeltüren in Sicherheit.

»Bis bald!«, rief ihre Mutter ihr leise nach. Sie konnte den Schmerz in ihrer Stimme nicht verbergen.

Aber Holly war schon in dem Gebäude verschwunden.

Vierzehn Jahre Gemeinsamkeit hatten in ein paar peinlichen Sekunden geendet.

»Das ist also mein Zimmer«, sagte Holly zu sich selbst und betrachtete den größtenteils leeren Raum. Der Collegeboy hatte sie auf ihr Zimmer im dritten Stock des King Dormitory gebracht und ihre Sachen hinter der Tür abgestellt. Es gab zwei Betten, zwei Kommoden, zwei Schreibtische, zwei

Nachtschränkchen und einen großen begehbaren Kleiderschrank, in dem jede Menge Kleiderbügel hingen. Alles sah neu aus.

Holly berührte die Bügel. Das Klappern des zusammenstoßenden Kunststoffs kam ihr sehr laut vor. Sie war froh, dass ihre Mitbewohnerin, wer auch immer es sein mochte, noch nicht da war. So konnte sie sich erst einmal in Ruhe umschauen.

Die Klimaanlage war nicht an, also machte Holly sich auf die Suche nach dem Schalter. Er befand sich unter dem großen Fenster. Holly blieb dort stehen und starrte auf die Einfahrt hinunter. Die Wagen standen immer noch Stoßstange an Stoßstange, Eltern und Schüler luden das Gepäck aus. Holly sah, wie ein Mädchen in weißen Shorts über den Rasen rannte und ein anderes Mädchen umarmte.

»Ich hoffe nur, ich habe auch irgendwann solche Freundinnen«, sagte Holly leise.

Sie fragte sich, ob ihre Mom immer noch dort unten war. Sie fürchtete sich geradezu, nachzuschauen. Dann tat sie es doch.

Ein Mann – mit gegelten blonden Haaren und einem blauen Blazer, der wahrscheinlich mehr gekostet hatte, als das Haus der Lovells – fummelte unter der hochgeklappten Motorhaube von Moms Wagen herum, während sie selbst neben dem Auto stand und entgeistert zuschaute. Es war ganz offensichtlich, dass der Mann nicht besonders häufig an Autos herumbastelte.

Plötzlich schaute Wanda hoch. Sie schien ihrer Tochter direkt in die Augen zu blicken. Das Sonnenlicht traf Wanda direkt ins Gesicht. Das Muttermal hatte noch nie so schrecklich ausgesehen wie in diesem Moment. Selbst aus drei Stockwerken Entfernung schien es flammend zu leuchten.

Könnte sie nicht wenigstens versuchen, es mit Make-up zu überschminken?, dachte Holly mutlos. Es war nicht so, dass sie nicht stolz auf ihre Mom wäre, und sie liebte sie mehr als alles andere auf der Welt.

Nur dieses blöde Muttermal. Wenn sie nicht gerade in Biscay waren, dann war es … dann war es einfach das Peinlichste, was sie sich überhaupt vorstellen konnte.

Sie war nicht sicher, ob ihre Mom sie gegen das Sonnenlicht sehen konnte. Trotzdem hob Holly ihre Hand und winkte verhalten. Doch dann, bevor Wanda die Gelegenheit hatte, zu ihr hinauf zu rufen oder etwas ähnlich Peinliches zu tun, wandte sie sich ab und begann auszupacken. Holly gab sich alle Mühe, sich nicht um das Riesenloch in ihrem Herzen zu kümmern.

Sie glaubte nicht, sich jemals so sehr gehasst zu haben wie in diesem Augenblick.

5. September

Heute war der absolut schrecklichste Tag meines erwachsenen Lebens. Ich wollte Holly Faye in unseren letzten gemeinsamen Augenblicken so viele Dinge sagen … unserem letzten gemeinsamen Augenblick, bevor Holly Faye ihr neues Leben begann. Ich weiß, ich weiß, alle sagen, dass uns nur hundertfünfzig Meilen trennen – aber ob hundertfünfzig oder fünfzigtausend Meilen macht keinen großen Unterschied, finde ich.

Heute ist die erste Nacht, die Holly Faye nicht unter meinem Dach schläft, seit ich sie hierher brachte.

Ich hätte es ihr heute sagen sollen, liebes Tagebuch. Ich weiß auch nicht, was mit mir los ist. Mir lagen die Worte auf der Zunge, aber dann habe ich sie hinuntergeschluckt, und jetzt sind sie für immer verschwunden. Holly hatte im Wagen das Autoradio angedreht und es schien mir einfach nicht der richtige Zeitpunkt oder Ort zu sein, um zu sagen, was zu sagen war.

Die Szene in Haverty war schrecklich. Der Wagen überhitzte – und Holly und ich ebenfalls. Ich weiß, ihr war unsere Situation schrecklich peinlich, aber ich habe sie noch nie so barsch mit mir reden hören. Und zum ersten Mal ... zum ersten Mal glaube ich, war ich ihr peinlich. Sie hat kaum meine Wange berührt, als sie mich zum Abschied küsste – und jetzt sehe ich sie bis zu Thanksgiving nicht wieder! Es muss an dem Muttermal liegen. Habe ich das alles nur geträumt oder leuchtete es heute tatsächlich besonders auffällig? Holly Faye ist es garantiert auch aufgefallen.

Darf ich ihr daraus einen Vorwurf machen?

Zweimal musste ich auf dem Weg nach Hause am Straßenrand anhalten, weil ich zu sehr weinte, um weiterfahren zu können. Aber dann riss ich mich zusammen, putzte mir die Nase und holte mir in einem Doughnut-Shop einen Kaf-

fee. Als ich den Deckel von dem Kaffeebecher anhob und sah, dass die Bedienung Milch hineingetan hatte (ich trinke meinen Kaffee immer schwarz), war erst recht alles aus. Ich heulte und jammerte wie ein sechs Wochen altes Baby. »Es tut mir sehr Leid, Ma'am, ich bringe das sofort für Sie in Ordnung, Ma'am«, sagte das arme junge Ding hinter dem Tresen und lief los, um mir einen neuen Becher Kaffee zu holen.

Ich dachte, heute würde der glücklichste Tag meines Lebens werden. Stattdessen fühle ich mich einsamer als je zuvor. Ich verliere mein kleines Mädchen.

Vielleicht habe ich sie schon verloren.

Heute stammt mein Abendzitat aus Prediger, Kapitel 3. »Ein Jegliches hat seine Zeit, und alles Vornehmen unter dem Himmel hat seine Stunde … Pflanzen, Ausrotten, das gepflanzt ist … Schweigen, Reden … hat seine Zeit.«

Gott, lass mich die richtige Zeit für das finden, was ich tun muss.

Kapitel sieben

»Na also«, sagte Holly, hängte den letzten Rock auf, stupste den Bügel noch einmal an und betrachtete das Ergebnis ihrer Arbeit. Sie hatte kaum zehn Minuten gebraucht, um alle Sachen wegzuhängen. Sie benötigte nicht einmal ein Viertel ihrer Schrankseite, und für die Socken und die Unterwäsche belegte sie noch nicht einmal ein ganzes Fach in der Kommode. Sie beschloss, als Nächstes ihr Bett zu machen, und packte ihre Laken und Bezüge aus. Aus irgendeinem Grunde ließ der Anblick der vertrauten Blumenmuster ihre Lippen zittern.

Sie klopfte gerade eine perfekte Krankenhausdelle in das Kissen, als die Tür zum Zimmer aufflog. Ein großes Mädchen mit schulterlangem dunkelbraunem Haar, blauen Augen und rosa glänzenden

Lippen hatte alle Mühe, mit einer Hand einen Koffer hinter sich her in den Raum zu ziehen und sich mit der anderen die Haare aus dem Gesicht zu streichen. Sie trug ein gestreiftes, dreiviertellanges Top und die wohl kürzesten Shorts, die Holly je gesehen hatte. Ihre schicken Ledersandalen enthüllten eine perfekte blassrosa Pediküre, und natürlich passten auch die Fingernägel dazu.

Holly ertappte sich dabei, wie sie an ihrem eigenen geblümten Sonnenkleid entlang und auf ihre schlichten flachen Sandalen hinunterschaute und innerlich zusammenzuckte. Aus irgendeinem dummen Grund hatte sie geglaubt, dieselben Sachen wie am Tag des Vorsingens zu tragen, wäre ganz angebracht. Stattdessen fühlte sie sich jetzt wie eine sommerliche Version nach Laura Ingalls Wilder, nur ohne Hut.

»Hi«, sagte das Glamourgirl und winkte ihr fröhlich zu. Der Junge mit dem Karren, der voll beladen war mit Koffern, kam hinter ihr her. »Ich bin Lydia.«

»Holly.«

»Aber nenn mich bloß nicht Lydia. Meine Freunde nennen mich Ditz.« Sie ließ ihre metallicglänzende Tasche auf das leere Bett fallen. »Ich hoffe, dass wir Freundinnen werden – ich meine, wenn wir schon das Zimmer teilen, wäre es doch nett, wenn wir Freundinnen wären.« Dann lachte sie. »Es war blöd, so was zu sagen. Siehst du, deswegen nennen mich auch alle Ditz!«

Holly entspannte sich ein wenig. Ihre Mitbewohnerin schien sich auf den ersten Blick nichts auf ihren Reichtum einzubilden.

»Wie lange bist du schon hier?«, fragte Ditz, redete aber gleich weiter, so dass Holly nicht antworten konnte. »Du wirst nicht glauben, was passiert ist«, sagte sie und ließ sich auf ihr Bett fallen. »Pass auf, meine Eltern und ich standen mit ungefähr einer Million anderer Autos in der Schlange, und irgend so eine Frau in einer totalen Schrottkarre blieb direkt vor uns liegen. Mein Vater ist total ausgerastet. Er war kurz davor, mit seinem Handy einen Abschleppwagen anzurufen.« Ditz lachte. »Hier weiß man wirklich nie, was einem passiert! Also, wo kommst du denn her?«

Holly war ganz blass geworden. »Äh, Biscay«, schaffte sie gerade noch zu antworten.

Ditz runzelte ihre Stupsnase. »Biscay? Liegt das in Alabama?«

»Nein, das ist bloß, äh, ein paar Stunden von hier entfernt«, erklärte Holly.

Ditz verdrehte die Augen. »Geografie ist nicht meine Stärke. Ich bin aus Nashville und …«

»Lydia! Wir haben dich überall gesucht.« Eine große Frau in einem beigefarbenen Hosenanzug schwebte ins Zimmer. »Ich verstehe nicht, wieso sie dich in dieses Stockwerk verlegt haben. Im sechsten ist der Ausblick so viel hübscher! Ich werde mal mit Dr. McSpadden sprechen.«

»Mutter«, stöhnte Lydia. »Holly, darf ich dir meine Mutter vorstellen, Valerie Hale.«

Mrs. Hale sah arrogant und reich aus, wie die Bösen im Film, und sie trug einen Ring mit einem Diamanten, der so groß war wie eine fette Blaubeere. Holly wünschte, sie hätte sich irgendwo verstecken können.

»Und wo kommst du her, Holly?«, fragte Mrs. Hale höflich.

Ditz machte eine abfällige Handbewegung. »Sie ist aus Mississippi, Mom.«

Mrs. Hale betrachtete verächtlich Hollys zerschrammten Koffer. »Und was bringt dich nach Haverty?«

»Meine Stimme, Ma'am«, entgegnete Holly und war dankbar, dass ihre Mom nicht auch im Zimmer war. Erleichtert nahm sie zudem zur Kenntnis, dass Mrs. Hale kein besonders großes Interesse daran zu zeigen schien, Konversation zu führen. Sie schaute stattdessen auf ihre Uhr.

»Dein Vater wird zu spät zu seinem Golftermin kommen, wenn wir uns jetzt nicht verabschieden, Darling«, sagte sie zu Ditz.

Holly sah zu, wie Mrs. Hale Ditz' schimmerndes Haar mit ihren malvenfarbenen Lippen streifte. »Wir sind erst nächste Woche wieder zu Hause, also ruf Magdalena an, wenn du irgendetwas brauchst.«

Ditz nickte. »Okay, Mom.«

Noch einmal Winken, dann war Mrs. Hale verschwunden.

Ditz verdrehte die Augen. »Na endlich! Ich bin so scharf darauf, runterzugehen und zu gucken, ob James schon da ist!«

»Wer ist das?«, fragte Holly höflich.

»Ein total heißer Typ von der klassischen Musik«, entgegnete Ditz. »Er spielt Geige. Ich bin Ende letzten Semesters mit ihm gegangen, und im

Sommer hat er mich zweimal in Outer Banks besucht.«

»Können die Mädchen einfach zu den Jungs runtergehen?«, fragte Holly überrascht.

Ditz starrte sie entgeistert an. »Natürlich«, sagte sie lachend. »Solange der Junge, den du besuchen willst, seine Tür offen lässt, und solange du nicht nach zehn noch da unten bist.« Sie zwinkerte. »Mach dir keine Sorgen, ich zeig dir, wo wir uns verstecken können, so dass Janet, die Aufseherin, uns nicht entdeckt.«

Als Ditz sich auf die Suche nach James gemacht hatte, packte Holly langsam den Rest ihrer Kartons aus. Sie fragte sich, wie sie die loswerden konnte, und schaute in den Flur hinaus. Als sie einen der Collegeboys entdeckte, fragte sie ihn, ob er ihre Kartons entsorgen könnte.

»Äh, klar. Kein Problem«, sagte er und nahm sie mit.

Holly überlegte, ob sie wohl die erste Haverty-Schülerin war, die ihr leeres Gepäck entsorgen ließ. Aber sie wollte es eigentlich gar nicht wissen.

Als Ditz wieder ins Zimmer geflitzt kam, hatte Holly schon den Quilt über ihr Bett geworfen und das gerahmte Bild von ihrer Mom, Tyler und sich selbst auf ihre Kommode gestellt.

»James ist noch nicht da«, sagte Ditz und zog einen Schmollmund. »Hey, als meine Mom mit Dr. McSpadden sprach – sie sind alte Freunde –, hat er gesagt, es wäre dein erstes Semester hier, und du wärst die jüngste Stipendiatin, die es in Haverty je gegeben hätte. Gratuliere!« Sie kniff die Augen zusammen. »Wie alt bist du?«

»Vierzehn. Im Dezember werde ich fünfzehn.«

»Ich bin fünfzehn ... und glaub mir, ich bin alt genug, um zu wissen, wie man hier alle Regeln brechen kann!«

Ditz' Freigeist besserte Hollys Laune erheblich. Sie schien ein bisschen wild zu sein, aber wenigstens war sie nett. Ditz trug ein kleines Armband, das glitzerte, und Holly war sicher, dass das an den Diamanten lag. Auf ihrer gebräunten Haut wirkten die Steine besonders hell.

»Wer ist das?«, fragte Ditz und zeigte auf das Bild.

»Das sind meine Mom und mein Freund Tyler.« Holly hatte extra ein Bild ausgesucht, auf dem Wandas Muttermal nicht zu sehen war.

»Er ist süß! Ist er Musiker?«

Holly kicherte. »Musik macht er bloß mit einem öligen Lappen und einem Schraubenschlüssel. Er repariert Autos«, setzte sie hinzu, als sie sah, dass Ditz sie nicht verstanden hatte.

»Hmmm. Klingt sexy.«

Holly wurde rot. »Mag sein.« Tyler und sie hatten niemals mehr getan als sich zu küssen und Händchen zu halten. Das war ihr sexy genug gewesen. »Ich helfe dir auszupacken«, bot Holly Ditz an.

»Okay«, sagte Ditz, »ich hasse auspacken.« Sie zeigte auf einen blauen Samsonite-Reisekoffer. »Den packe ich nie aus. Da drin bleibt immer mein ganzes Make-up und Haargel und dieser Kram, so dass ich ihn jederzeit mitnehmen kann, wo auch immer ich hinfahre.« Sie fuhr sich mit den Fingern durch die Haare. »Ich fange jetzt besser an, denn wenn James heute Abend kommt, werden wir uns bestimmt noch treffen. Ich hab die Corvette noch gar nicht gesehen, die er im Sommer bekommen hat. Mein Vater hat mir versprochen, dass ich auch einen Wagen kriege, sobald ich sechzehn werde.«

Ditz würde einen eigenen Wagen haben? Holly

war sicher, dass sie einen besonders hübschen bekäme.

»Es ist so cool, mit einem Typen zu gehen, der einen eigenen Wagen hat! Wir können überall hinfahren und müssen uns nicht an die Senioren ranschleimen.«

Ditz öffnete die Schlösser des ersten riesigen Koffers, den sie auf die nackte Matratze ihres Bettes gewuchtet hatte, bevor Holly ihr helfen konnte. Dann warf sie einen Blick auf Hollys Sachen.

»Wo ist dein restliches Zeug?«, fragte Ditz. »Hoffentlich hilft dir nicht Walter mit deinem Gepäck! Er ist so langsam. Dann sind deine Sachen nicht vor Weihnachten hier oben. Ich werde mal sehen, ob ich ihn finden kann ...«

»Mehr Sachen habe ich nicht«, sagte Holly.

»Ja, klar«, sagte Ditz. »Und jetzt lass uns zusehen, dass Walter den Rest bringt.«

»Nein, das ist wirklich alles, was ich mitgebracht habe.« Holly spürte, wie sich eine leichte Röte auf ihren Wangen ausbreitete.

»Das ist alles?«, fragte Ditz gedehnt und riss erstaunt die blauen Augen auf. »Ist deine Limousine mit dem Gepäck wieder weggefahren, oder was?«

»Nein«, sagte Holly. »Meine Mom hat mich hergefahren. Wir haben nicht viel Geld. Ich habe erst vor ein paar Wochen erfahren, dass Haverty mich angenommen hat, und meine Mom hat praktisch ohne Pause genäht, damit ich diese Sachen hier mitnehmen konnte. Sie ist eine professionelle Schneiderin.«

So. Jetzt war es wenigstens heraus. Sie war stolz auf ihre Mom, eine ›professionelle Schneiderin‹. *Wieso nur werde ich trotzdem so traurig, wenn ich sie so nenne?*

Bevor Ditz antworten konnte, klopfte es an der Tür und das Zimmer füllte sich mit kichernden Mädchen.

»Amber!«, rief Ditz und schlang ihre Arme um eine dünne Rothaarige. »Finley!«, kreischte sie und gab einem zarten Mädchen mit rabenschwarzen Haaren einen Luftkuss. Holly schaute zu, wie sie einander küssten und umarmten und kreischten. Nach einer kleinen Ewigkeit fielen Ditz wieder ihre guten Manieren ein.

»Das ist Holly«, erklärte sie. »Sie ist meine neue Mitbewohnerin.« In Haverty konnten sich die Schülerinnen ihre Mitbewohner nicht aussuchen.

Die Auswahl traf der Computer. Holly war sicher, wenn Ditz die Wahl gehabt hätte, würde sie mit Amber oder Finley oder Charlotte oder irgendeinem anderen der schönen, extrem dünnen, gut aussehenden Mädchen zusammenwohnen, die gerade ihr Zimmer in Beschlag genommen hatten.

»Hi«, sagten die Mädchen in gekünstelt höflichem Ton. Dann wandten sie sich wieder Ditz zu und begannen erneut zu plappern.

Wenn es irgendeinen Zweifel daran gegeben hatte, dass Holly einen großen modischen Fauxpas begangen hatte, dann war er jetzt ausgeräumt. Diese Mädchen sahen in ihren kurzen Shorts und den lässigen, teuren Hemdchen mit den Designerschildern an all den richtigen Stellen aus wie geklont. Sie hatten alle toll geschnittene Haare, und es hatte den Anschein, als wäre ihr Make-up von den Profis bei *Seventeen* aufgetragen worden.

Annabel würde jetzt sofort tot umfallen, dachte Holly und kicherte beinahe bei dem Gedanken an ihre schüchterne Freundin.

Vergiss es einfach, deine Sachen sind deine Sachen, sagte sie sich dann und versuchte, sich damit zu beschäftigen, ihre Socken zu ordnen. Sie war noch nie wirklich neidisch auf irgendwas von irgendjemandem gewesen, und es passte ihr gar nicht, wie sich das anfühlte. Amber und Finley und die anderen hatten einen Haufen Geld ausgegeben, um billig auszusehen. Holly hatte sehr wenig Geld ausgegeben, um nett auszusehen.

»Hey, Holly!«, rief Ditz. Holly schreckte aus ihren Gedanken auf. »Wir gehen rüber in die Campus-Cafeteria und ziehen uns welche von Lucilles großartigen Frucht-Smoothies rein – kommst du mit? Himbeer ist echt der Killer.«

Holly freute sich, gefragt worden zu sein, schüttelte aber dennoch den Kopf. »Nein, danke.« Die normalen Mahlzeiten wurden für sie bezahlt, aber sie wusste nicht, ob das auch für die Zwischenmahlzeiten galt, und sie würde mit Sicherheit sofort sterben, wenn man ihr in Anwesenheit all dieser Mädchen sagte, dass Frucht-Smoothies nicht zu ihrem Essensbudget gehörten.

»Dann vielleicht ein andermal«, sagte Finley mit Ekel erregend süßer Stimme, und ihr Blick streifte dabei über Hollys Sachen.

Holly hasste sie vom selben Moment an.

Die Mädchen drängten in den Flur und verschwanden durch den Gang, sie liefen in konfusen Kreisen durcheinander, wie es bei fröhlichen Wiedersehen häufig geschieht, und ebenfalls wenn man versucht, zu schnell zu viel zu erzählen. Holly machte die Tür hinter ihnen zu. Vielleicht ließen die anderen ihre Türen auf, sie jedenfalls hatte das nicht vor, jedenfalls nicht, wenn sie allein war.

Wie aufgeregte Menschen das oft taten, redeten die Mädchen lauter, als ihnen klar war, und ihre Stimmen hallten noch lange bis in Hollys Zimmer zurück.

»Von welchem Zwiebellaster ist die denn gefallen, Ditz?«, fragte eine Stimme. Holly kannte sie noch nicht lange genug, um die Stimmen mit den Gesichtern in Verbindung zu bringen.

»Habt ihr die Klamotten gesehen? Wie *Tischtücher!*«

»Ihre Mutter hat die Sachen genäht, Kinder.« Holly erkannte Ditz' Stimme. Sie klang jetzt ganz anders. »Ihre Mutter ist eine Schneiderin.«

»Ist das alles, was sie mit hat?«, fragte ein anderes Mädchen.

»Sie braucht wirklich eine Modeberatung.«

»Kann schon sein. Na und?«, sagte Ditz. »Ich

hab genug Klamotten für uns beide. Und habt ihr sie gesehen? Ich meine, sie hat doch einen super Körper. Ihre Titten sind nicht ganz so groß wie meine, aber sonst …«

Die Stimmen der Mädchen verebbten, je weiter sie sich entfernten. Sie lachten gemeinsam.

»Was tue ich hier bloß?«, murmelte Holly, und sie warf den Sachen, die in dem Schrank hingen, einen bösen Blick zu, den Sachen, die ihre Mutter mit so viel Anstrengung für sie genäht hatte. Der Unterricht hatte noch nicht begonnen, doch Holly hatte schon etwas gelernt. Die Schüler in Haverty hatten jede Menge Geld.

Na ja, vielleicht gab es ja auch andere Stipendiaten – andererseits wollte sie aber auch nicht in einem Ghetto für Arme landen, und es lief schließlich auch keiner mit einem Schild rum, auf dem STIPENDIAT stand. Also, so oder so, die Schüler – zumindest die meisten der Schüler – hatten Geld.

Und sie nicht.

Kapitel acht

NACH EINEM MONAT in Haverty bekam Holly langsam das Gefühl, als gehöre sie hierher. Sie hatte festgestellt, dass die Schule viel größer war, als sie angenommen hatte. Und die Schüler, die in die *Haverty Talentstunde* eingeladen wurden, bildeten nur einen winzig, winzig kleinen Bruchteil der gesamten Schülerschaft – ganz abgesehen davon, war es offensichtlich so schwierig, tatsächlich zur *Talentstunde* eingeladen zu werden, dass die meisten Schüler es nie schafften.

Das würde sie Juanita und Ruby erzählen, wenn sie im November nach Biscay fuhr. Sie wären überrascht.

Holly gehörte der musikalischen Abteilung der

Haverty High School an, die ungefähr elfhundert Schüler umfasste. Rund eintausend Schüler zählte das Haverty College, davon waren etwa achthundert Undergraduates und zweihundert Graduate-Schüler.

Auf acht Schüler kam ein Lehrer und die Schüler kamen aus fast jedem Bundesstaat, manche sogar aus anderen Ländern. Holly hatte einmal in der Cafeteria neben einem Mädchen aus Frankreich gesessen. Sie fand das wahnsinnig spannend, so etwas Aufregendes hatte sie noch nie zuvor erlebt. Die ersten paar Wochen lang hämmerten ihnen die Professoren ein, wie angesehen die Schule sei. Haverty-Abgänger waren ebenso Mitglieder in allen führenden amerikanischen Orchestern wie in vielen der angesehenen Orchester in der ganzen Welt – darunter dem London Symphony Orchestra und den neuseeländischen Philharmonikern.

Holly lernte, dass die Schule nach William Thorndike Haverty benannt war, einem reichen Mann aus Mississippi, dessen Tochter eine weltberühmte Cellistin war. Holly fand heraus, welche Professoren berühmt waren und wie man die Münzwaschmaschinen im Keller bediente. Sie entdeckte den kürzesten Weg vom Theater zur Bibliothek und merkte sich, welche Kantinenfrau die größte Portion austeilte.

Es war wirklich eine sehr lehrreiche Anfangszeit.

Holly hatte Tag und Nacht zu tun, sie ging zum Unterricht, machte Hausarbeiten und übte für freiwillige Auftritte. Morgens erhielt sie Unterricht in Englisch, Mathe und Sozialkunde, und nach dem Mittagessen gab es den Musikunterricht. Ditz war Pianistin und nahm auch Schauspielunterricht. Holly und sie hatten nur selten die gleichen Stunden.

Außerdem war Holly für den Haverty Young Voices Chorus ausgewählt worden, ein Ensemble, in dem Haverty-Schüler aller Altersgruppen zusammen mit dem Haverty Orchestra Choräle aus dem neunzehnten und zwanzigsten Jahrhundert aufführen. Und sie war ganz wild darauf gewesen, bei *Lieder für alle* mitzumachen.

Lieder für alle war ein Öffentlichkeitsprogramm von Haverty. Man ermunterte alle Schüler, die Gesangsunterricht erhielten, mitzumachen, und fast alle taten das auch. Schülergruppen zogen aus und traten irgendwo auf – in Hattiesburgs öffentlichen

Schulen, in Krankenhäusern und Hospitälern. An Orten, die ein bisschen Hoffnung und gute Laune vertragen konnten.

Holly liebte es. Und *Lieder für alle* veranstaltete auch Konzerte für Gruppen, die der Schule Geld spendeten. Und nächstes Jahr würden sie vielleicht sogar in New York auftreten, hieß es. Holly konnte es kaum abwarten.

Viele der Auftritte in der Nähe der Schule fanden an Freitagabenden statt. Holly und die anderen Sänger wurden von einem Bus zum Veranstaltungsort gefahren. Sie liebte es, von Menschen umgeben zu sein, die Musik ebenso sehr liebten wie sie selbst. Die Auftritte von *Lieder für alle* waren wirklich gut. Aber die besten Nummern, fand sie, entstanden beim spontanen Singen auf der Fahrt. Sie wünschte, das Publikum könnte die Lieder auch hören.

Die abendlichen Auftritte bedeuteten, dass Holly oft erst in den frühen Samstagmorgenstunden nach Haverty zurückkehrte. Aber wie spät auch immer sie ankam, Ditz war immer noch unterwegs.

An einem Freitagabend kam es dann zu einem der seltenen Schneestürme in Mississippi. Das geplante Konzert wurde abgesagt und Holly hatte plötzlich den Abend frei.

»Hey, willst du mit mir ausgehen?«, fragte Ditz. »Matt schmeißt 'ne Party im Aufenthaltsraum drüben im Woodwinds. Ich bin zwar ziemlich kaputt, aber die Idee ist gar nicht so schlecht.«

James und seine Corvette waren Geschichte. Ditz hatte so viele Freunde, dass Holly kaum mitkam. »Bist du sicher, dass die Party noch stattfindet? Es hat den ganzen Tag geschüttet, und es soll sogar noch schneien.« Und mit Schnee in Mississippi durfte man nicht spaßen.

Ditz schaute zum Fenster hinaus. »Uah. Vielleicht sollte ich doch erst anrufen.«

»Wir könnten auch hier bleiben und einfach abhängen«, schlug Holly vor. Es kam ihr vor, als hätte sie die Wochen, die sie schon das Zimmer teilten, nicht viel Zeit mit Ditz allein verbracht. »Wir können uns heiße Schokolade aus dem Automaten ziehen und Fernsehen gucken?«

Ditz grinste. »Klingt gut, aber lass mich erst mal Amber anrufen. Ich sag ihr, dass ich aussteige.«

Holly nahm sich ein Blatt geblümtes Briefpapier und fing einen Brief an ihre Mom an. Sie versuchte,

Tyler und ihrer Mom einmal die Woche zu schreiben. Alle anderen Mädels schickten E-Mails und telefonierten, sogar Ferngespräche waren üblich. Holly rief jeden Sonntagvormittag nach dem Kirchgang vom Campus aus an und sprach normalerweise ungefähr zehn Minuten mit ihrer Mutter. Da weder ihre Mutter noch Tyler einen Computer hatten, waren E-Mails kein Thema.

Liebe Mom,
habe deinen Brief heute bekommen – bin ich nicht schnell??? Diese Woche fällt das Freitagskonzert wegen schlechten Wetters aus, deshalb ☺. Vielleicht gucke ich sogar die Haverty Talentstunde!!! Ist das nicht lustig, dass ich hier wohne und sie mir hier anschaue!
Du musst meine Gedanken gelesen haben, als du mir das Gedicht über den Erfolg geschickt hast. Ich war wirklich müde und es hat mich echt aufgebaut. Ich

Ditz schaute ihr über die Schulter. »Was schreibst du eigentlich deiner Mom jede Woche? Ich hätte meiner nicht mal einmal im Monat genug zu sagen!«

Holly zuckte mit den Achseln. »Ganz normale Sachen. Was in der Schule los ist. Was ich mache. Und so.«

»Meine Mutter will von mir nur hören, wenn ich eine gute Note habe, oder eine Rolle in der neuesten Theaterproduktion.« Ditz schmiss ihr schnurloses Telefon auf den Tisch. »Ich würde nie im Leben hören von meiner Mutter, wenn sie nur schreiben könnte, es sei denn, sie würde den Brief ihrer Sekretärin diktieren. Und Magdalena wegen irgendwas anrufen ist, als wollte man Wasser aus einem Baum schütteln.«

Es tat Holly Leid, dass Ditz keine besonders gute Beziehung zu ihrer Mutter zu haben schien. Es kam ihr merkwürdig vor. Ditz sprach von ihrer Mutter, als wäre sie eine sehr dominante, geschäftige Person, die kaum Zeit für ihre eigene Tochter hatte.

Wanda könnte niemals so ein.

Dann und wann dachte Holly daran, wie schlecht sie ihre Mutter an jenem Tag im September behandelt hatte. Es war aber zu spät, irgendetwas davon zurückzunehmen, und sie glaubte, wenn sie es jetzt, nachdem so viel Zeit vergangen war, in einem Brief erwähnte, würde sie sich nur noch schlechter fühlen.

Also entschied sie, es wäre besser, es gar nicht zu erwähnen.

»Ich schätze, du willst nicht unbedingt, dass ich ein bisschen JD in die heiße Schokolade kippe«, sagte Ditz gerissen, als Holly mit den Bechern in der Hand vom Automaten zurückkam.

»Was?«

Ditz stöhnte. »Jack Daniel's. Und du nennst mich Ditz?«

Holly lachte. »Das klingt total eklig. Nein, danke.«

Ditz zuckte mit den Achseln. »Okay. Dann kann ich es wohl auch nicht, denn dann würde ich ja allein trinken, und wenn man das macht, heißt das, man ist eine Alkoholikerin.« Sie griff nach der Fernbedienung und schaltete den Siebenundzwanzig-Inch-Farbfernseher an, während sich die beiden Mädchen auf den weichen Plüschteppich davor legten. »Oh, sieh mal, ein Julia-Roberts-Film-Nacht. Ich liebe Julia Roberts.«

Holly war schnell klar geworden, dass es eine ganz gute Sache war, eine reiche Mitbewohnerin zu haben, die an Designersachen gewöhnt war.

Aber Holly hatte bereits eines Nachts mitbekommen, dass Ditz Alkohol trank – als sie nämlich mitten in der Nacht nach Hause kam, wie eine abgefackelte Scheune stank und das ganze Badezimmer voll kotzte. Das war gar nicht so lustig. Holly glaubte nicht, dass es besonders sinnvoll wäre, Ditz vorzuschlagen, den Alkohol zu lassen, also sagte sie auch nichts. Aber es machte ihr dennoch Sorgen. Jede Menge sogar.

Wenn Leute erwachsen waren, dann konnten sie entscheiden, ob sie tranken oder nicht, fand Holly. Aber wenn man fünfzehn war und versuchte, es in einer der schwersten Schulen für bildende Künste im Land zu schaffen, dann wirkte es nicht wie der beste aller Pläne, sich jedes Wochenende abzufüllen.

»Hey, ich wollte dich was fragen«, sagte Ditz und rollte sich auf die Seite. »Kann ich mir deine geblümte Bluse leihen? Die mit den Gänseblümchen?«

Holly zwinkerte. »Du willst was von mir anziehen?« Ditz hatte darauf bestanden, dass Holly sich jederzeit alle ihre Sachen leihen konnte, ohne auch nur zu fragen. Und sie hatte Holly nicht nur ihre Klamotten angeboten, sie hatte gleich die Hälfte von ihnen in die Schrankhälfte ihrer Mitbewohnerin gehängt. Holly war eines Abends von einer Probe früher zurückgekommen und hatte die Sachen und einen Zettel gefunden.

»Such dir alles aus, was du gern anprobieren oder leihen möchtest«, hatte Ditz geschrieben. Holly war nie auf die Idee gekommen, dass *sie* etwas haben könnte, was Ditz tragen wollen würde.

Und das war auch nicht so.

»Ich spiele für die Rolle der Laura Wingfield in der *Glasmenagerie* vor und das ist genau so etwas, wie es die mausige, kleine Laura hätte tragen können«, erklärte Ditz ernsthaft.

Holly versuchte, über die ungewollte Beleidigung nicht zu lachen. »Oh. Klar. Bedien dich.«

»Danke.«

Sie schauten zu, wie Julia Roberts ihr langes Haar zurückwarf und eine witzige Bemerkung machte.

»Holly?«

Holly schaute Ditz fragend an.

»Hör mal. Ich bin wirklich doof. Was ich gerade gesagt habe, war nicht richtig.« Ditz kaute auf ihrer Lippe. »Ich weiß, dass du am Anfang empfindlich warst, weil deine Sachen selbst genäht sind. Mir hat nie irgendjemand was genäht, aber ich finde es cool, dass du jemandem wichtig genug bist, dass er sich die Zeit nimmt, dir solche Sachen zu nähen. Es ist, als hättest du deine eigene Designerin.«

So hatte Holly das noch nie gesehen. »Stimmt.«

»Also, was stand in der heutigen Nachricht aus Biscay?«, fragte Ditz und stützte sich auf ihren Ellenbogen ab. »Erzähl, erzähl, erzähl.«

Holly amüsierte sich darüber, dass Ditz total fasziniert war von Wandas Geschichten aus Biscay.

»Prinzessin kriegt allen möglichen Ärger. Sie kaut an unseren Möbeln und versucht, die Wäsche meiner Mom von der Leine zu zerren.« Holly grinste. »Aber Mom sagt, das süße kleine Gesichtchen von Prinzessin habe ihr völlig den Kopf verdreht!« Holly war froh, dass ihre Mom Gesellschaft hatte. »Oh, und Juanita hat Ethlyn Chall eine Dauerwelle gemacht, und jetzt kräuselt sich Ethlyns Haar wie das von Juanitas Pudel Fifi – das ist Prinzessins Mama. Ethlyn ist fünfzig Jahre und unterrichtet Englisch an der High School«, erklärte Holly grinsend.

Ditz lachte, sie strahlte dabei über das ganze Gesicht. »Das würde ich zu gern sehen.«

»Außerdem bereiten sich alle auf die Biscay Holiday Craft Fair vor. Die Leute backen Kuchen und basteln Weihnachtsschmuck und die Bauern bauen Geisterbahnen für die Kinder in ihren Heuschobern.« Holly verspürte ein wenig Sehnsucht nach ihrer Heimatstadt. »Tyler und ich sind letztes Jahr zusammen hingegangen. Das war ein riesiger Spaß.«

»Das glaube ich«, sagte Ditz, und ihre Augen glänzten verträumt. »Was noch?«

Holly nahm den Brief zur Hand und überflog die saubere Handschrift ihrer Mutter. »Hm, nicht viel. Mom hat jede Menge Änderungen an Wintersachen in Auftrag, und das ist immer anstrengend, denn die Stoffe sind dicker. Oh, und noch was! Sie schreibt, sie habe einen wundervollen neuen blauen Stoff aus Samt bekommen, aus dem sie mir einen Hut und eine Jacke nähen will.«

»Du hast ein Glück«, sagte Ditz mit verträumtem Blick und schaute wieder zum Film hinüber.

»Da bin ich mir nicht so sicher. Ich hab ja *dich* als Mitbewohnerin«, sagte Holly und lachte, als Ditz mit einem ihrer Kissen nach ihr schlug.

Holly versuchte, sich auf den Film zu konzentrieren, aber sie konnte nicht aufhören, über Ditz nachzudenken. An ihrer Mitbewohnerin und Freundin gab es so viele unterschiedliche Seiten.

Die Ditz, die an jedem Wort aus Biscay hing, als wäre es der neueste Tratsch aus Hollywood.

Die Ditz, die Pillen hatte, die ihr schlafen halfen, und die meistens auch nicht ohne diese einschlafen konnte.

Die Ditz, die eine wahre Meisterin auf dem Klavier war, wenn sie wollte ... und die Ditz, die das Klavier vor allem spielte, weil sei begabt war, aber die kein Verlangen danach hatte.

Und die traurigste Ditz von allen – die Ditz, die weinte. Manchmal, wenn es spät und die Nacht still war, dann erwachte Holly von Ditz' leisem Schluchzen – so wie Schluchzen eben klingt, wenn jemand versucht, sein Gesicht in den Kissen zu verbergen.

Aber wie gut das Kissen mit Daunenfedern auch gefüllt sein mochte, es war weder möglich, den Anblick zu verbergen noch den Klang der Tränen zu ersticken.

Jeder hatte seine eigenen Probleme. Holly wollte nicht neugierig sein. Wenn Ditz mit ihr darüber reden wollte, dann würde sie zuhören.

Holly hatte also nach ungefähr einem Monat langsam das Gefühl, ihren Platz in Haverty gefunden zu haben. Ditz allerdings, das wurde Holly schnell klar, suchte noch nach einem anderen Platz.

Den in ihrem eigenen Leben.

Kapitel neun

»Du lernst langsam, wann es sich lohnt, sich zurückzuhalten«, sagte Natalie Edwards und strahlte, als sie die Notenblätter in dem kleinen Gesangsstudio zur Seite legte. »Kannst du nicht einmal etwas falsch machen, damit ich dir auch tatsächlich etwas beibringen kann?«, scherzte sie, die Hände in die Hüften gestemmt.

Holly spürte, wie sie über das Lob ihrer Gesangslehrerin errötete. Sie verehrte die junge, hübsche Natalie, deren eigene Stimme so klar und hell klang wie die eines Popstars. Natalies Fachbereich in Haverty waren die Sparten *Broadway* und *Pop*, und sie arbeitete mit Holly an deren Stimme. Hier lernte sie außerdem vom Blatt zu singen und die so genannten *Auditions*, das Vorsingen, vorzubereiten.

Zu einer Gesangskarriere gehörte viel mehr, als Holly vermutet hatte.

Auf dem Weg zurück zu ihrem Zimmer traf sie Ditz, Amber, Matt und einen dicken Kerl mit braunen Haaren, den sie glaubte, von der Schauspielklasse her zu kennen. Hollys Zimmerkameradin trug eine schwarze Samthose und einen eng anliegenden weißen Angorapulli – sieht nicht gerade aus, als wollte sie in die Bibliothek gehen, dachte Holly sarkastisch.

»Matt fährt mit uns in die Stadt, wir wollen ins Kino«, sagte Ditz, deren Wangen in der kühlen Novemberluft gut durchblutet schienen. »Danach gehen wir in diesen heißen Blues-Club, Matt kennt den Türsteher, und wir kommen bestimmt rein. Du hast wahrscheinlich keine Lust, mitzukommen?«, scherzte sie und klimperte mit ihren Hundekulleraugen.

»Ich kann nicht. Ich muss noch Stimmübungen machen – ganz zu schweigen von meinen Hausaufgaben in Englisch«, sagte Holly, die froh war, eine Entschuldigung zu haben. Sie konnte Amber nicht besonders gut leiden. »Musst du nicht auch für deinen Klavierwettbewerb üben?«

»Ach, den.« Ditz winkte mit der Hand ab, als ginge es nur um ein fröhliches Kaffeetrinken. »Da muss ich nicht üben. Ich bin eigentlich besser, wenn ich nicht übe.«

»Du musst es ja wissen«, sagte Holly leise, als Ditz und ihre Freundinnen davoneilten.

»Ich habe dich so vermisst«, sagte Wanda, als Holly sich ihr langes blondes Haar vor dem Ankleidespiegel bürstete. Prinzessin lag schnarchend auf der Heizungsabdeckung. »Ich habe das Gefühl, dass es ewig her ist, seit du an Thanksgiving hier warst.«

»Ich vermisse dich auch, Mom.« Gott sei Dank war der Chevrolet ihrer Mom in gutem Zustand gewesen, als sie sie früh am Nachmittag vor Havertys Haupttor abgeholt hatte. »Ich wünschte, ich hätte mehr Zeit für dich, aber am Wochenende verbringe ich fast meine ganze Zeit mit der Chorgruppe.« Ein Lächeln umspielte ihre Lippen. »Nicht, dass ich nicht liebend gern mit dir die Zeit verbringen würde, aber es macht wirklich Spaß, mit so tollen Stimmen zu singen.«

»Manchmal sitze ich abends da und schaue Fernsehen, und dann fange ich an, mit dir zu reden, frage dich, ob du die Antwort auf irgend so eine Quizfrage weißt, und dann denke ich plötzlich: ›*Warte, Holly Faye ist doch gar nicht hier. Sie ist in Haverty.*‹« Wanda schüttelte den Kopf und kicherte. »Oder ich bin hinten und nähe und rufe nach dir, du mögest mir bitte Garn aus meiner Dose bringen und dann fällt mir wieder ein, dass ich ganz allein bin.« Sie seufzte. »Ich hoffe, *du* bist dort nicht so allein, Schätzchen.«

Holly schüttelte den Kopf. »O nein, Mom. Es ist toll! Am Anfang kam ich mir natürlich ein bisschen komisch vor, weil die Mädchen da alle so tolle Klamotten haben und so, aber wenn man sie erst mal besser kennen lernt, sind sie ganz okay.« Sie lächelte. »Einige von ihnen jedenfalls.«

»Ist es … ist es nicht merkwürdig, dort zu schlafen?«, wollte Wanda wissen.

»Ehrlich gesagt, ist es eher ein bisschen merkwürdig, wieder hier zu sein.« Holly schaute sich in ihrem alten Kinderzimmer um. Dort gab es keinen Farbfernseher, keine Anlage – bloß einen kleinen Radiowecker. Ihr Bett sah ohne den Quilt, der in Haverty war, verlassen aus, und ihr Schrank war ziemlich leer, denn auch die meisten ihrer Sachen waren mittlerweile in ihrem Zimmer in der Schule.

»Oh … na klar, das kann ich mir vorstellen.«

Holly legte die Bürste auf ihre Kommode und tupfte sich etwas Feuchtigkeitscreme unter die Augen.

»So was benutzt du jetzt?« Wanda guckte überrascht. »Weißt du, ein bisschen Vaseline reicht auch …«

»Ditz hat mir das gegeben.«

Ditz kaufte andauernd teures Kaufhaus-Make-up und bestand darauf, dass Holly wenigstens die kleinen Pröbchen nahm, die sie einem gaben, wenn man für zwanzig Dollar oder mehr eingekauft hatte. »Ich habe eine ganze Tüte voll davon«, sagte sie. »Nimm dir was, wenn du möchtest.«

Hollys Mom runzelte die Stirn. »Ich weiß, du hast gesagt, es gefällt ihr, aber ich bin nicht sicher, ob du deine Mitbewohnerin wirklich Ditz nennen solltest, Holly Faye. Es klingt einfach nicht besonders nett.«

»Sie hat mich *gebeten*, sie so zu nennen, Mom. Wir tun das alle.«

Wandas Blick fiel auf Hollys offenen Koffer.

»Was ist das?« Sie zog einen weichen, rosafarbenen Pullover heraus. »Das ist echtes Kaschmir!«

Holly strahlte. »Ist der nicht hübsch? Ditz hat ihn mir als Vorab-Geburtstagsgeschenk mitgegeben. Ich kann gar nicht abwarten, ihn morgen Abend in der Kirche zu tragen!«

Die Finger ihrer Mutter betasteten die flauschige Wolle »Ja ... ja, da drin wirst du wirklich toll aussehen, so viel steht fest.«

Holly schraubte sorgfältig den Deckel wieder auf die Tube der Feuchtigkeitscreme, während ihre Mutter still dasaß und ihr zuschaute.

Plötzlich sprang Wanda auf. »Schätzchen, warte hier.« Sie lief aus dem Zimmer und kehrte ein paar Minuten später mit einer kleinen, bunt eingewickelten Schachtel zurück. »Hier ... hier ist noch so ein Vorab-Geburtstagsgeschenk für dich.«

Holly hatte auch Geschenke für ihre Mom – eine Schachtel neues Briefpapier und ein paar Duftsäckchen in verschiedenen Duftnoten, die sie selbst zu Weihnachten gebastelt hatte. Die Geschenke waren immer noch in ihrem Koffer. »Bist du sicher, dass du möchtest, dass ich das jetzt schon aufmache?«, protestierte sie. »Es ist doch erst der dreiundzwanzigste.« Hollys fünfzehnter Geburtstag war am nächsten, dem Weihnachtstag.

Wanda nickte entschlossen. »Ich weiß, welcher Tag ist, Holly Faye, aber ich kann nicht mehr länger abwarten, sie an dir zu sehen.«

Holly riss das Papier auf. Drinnen lag eine weiße Lederschachtel. Sie öffnete den Deckel. »Oh, Mom«, sagte sie atemlos und hob eine Kette aus schimmernden Perlen von der Samteinlage. »Die sind wirklich wunderschön.«

Wanda rutschte auf Hollys Bett hin und her und sah sehr zufrieden aus. »Sie werden klasse aussehen mit deinem Kaschmir-Pullover.«

Holly hatte solche Perlen bei einigen der reichsten Mädchen in Haverty gesehen. »Wie um Himmels willen konntest du dir die nur leisten, so viel verdienst du doch gar nicht?«

Wanda sah aus, als wolle sie etwas sagen, hielt dann aber inne. »Oh … na ja, in letzter Zeit sind die Geschäfte gut gelaufen, und als ich diese … diese … im Ausverkauf bei Gower's sah, da … da musste ich sie einfach kaufen.«

Hollys Strahlen verblasste ein wenig. »Vielen Dank, Mom. Ich … ich finde sie wirklich toll.« Sie ging hinüber und drückte ihre Mom, dann legte sie die Perlen zurück in die Schachtel.

»Komm doch in die Küche, wenn du fertig bist, dann mache ich den Apfelkuchen noch mal warm«, sagte Wanda und stand auf, denn das Telefon läutete.

»Okay.«

Als sie gegangen war, holte Holly die Perlen noch einmal aus der Schachtel und betrachtete sie. Zuerst hatte sie gedacht, die wären echt. Aber als ihre Mom ihr erzählt hatte, wo sie sie gekauft hatte – bei Gower's, einem Laden, der sich auf Ohrringe für drei Dollar und Handtaschen für zehn spezialisiert hatte –, war Holly klar geworden, dass sie nie und nimmer echt sein konnten.

Ich werde sie hier zu Hause tragen, aber ich kann sie auf keinen Fall in Haverty tragen, dachte Holly resigniert und legte die Schachtel dennoch in ihren Koffer. Sie wollte ihre Freunde in der Schule schließlich nicht denken lassen, dass sie versuchte zu imitieren, wie sie sich anzogen, und sie wusste, dass die anderen die falschen Perlen sofort erkennen würden.

Zu schade. Sie sind wirklich hübsch.

»Also, erzähl uns davon. Folgen euch überall Kameras? Haben die Professoren ihre Grammys auf den Schreibtischen stehen? Hast du schon jemand Berühmtes getroffen? Sieht Frank Shepherd genauso gut aus wie im Fernsehen?«

Holly konnte kaum aufhören zu lachen. Sie hatte es Thanksgiving nicht geschafft, länger als zwei Tage zu Hause zu sein, denn *Lieder für alle* hatte genau an diesem Wochenende mehrere Konzerte angesetzt. Aber jetzt war Weihnachten und sie konnte ganze zwei Wochen in Biscay verbringen. Annabel verschwendete keine Minute, um Informationen aus ihr herauszubekommen.

»Nein, bei den ersten drei Fragen und auch bei der letzten habe ich keinerlei Ahnung«, sagte Holly und schob sich ein großes Stück von dem Schinken in den Mund. Ihre Mom hatte, während sie zu Hause war, all ihre Lieblingsgerichte gekocht, und heute Abend bestand das Menü aus mit Honig glasiertem Backschinken, karamellisierten Kartoffeln und einem Bohnenauflauf, und das alles war so köstlich, dass sie es auch problemlos zu zweit hätten aufessen können. Annabel, Tyler, Juanita und Ruby hatten sich gern bereit erklärt, dem Festessen beizuwohnen.

»Und was glaubst du, wann du in der *Haverty Talentstunde* auftreten wirst?«, fragte Juanita und reichte die Kartoffeln weiter. »Ich schalte jede Woche ein, aber ich denke mal, du würdest es uns sicherlich vorher wissen lassen, wenn du dort auftrittst.«

»Ich weiß wirklich nicht, worauf sie noch warten«, setzte Ruby hinzu, schüttelte den Kopf und tupfte sich gleichzeitig die Lippen mit der Serviette ab. Sie ließ für Prinzessin ein Stückchen Schinken auf den Boden fallen.

»Das ist wirklich süß von euch allen, dass ihr das immer wieder sagt, aber in der Sendung aufzutreten ist eine besondere Ehre, die nur den Junioren und Senioren vorbehalten ist, also erst nach der Sophomore-Klasse«, erklärte Holly. »Ihr könnt mir für nächstes Jahr ja schon mal die Daumen drücken!«

Tyler strahlte sie an. Holly fand, dass er in dem neuen Flanellhemd, das Wanda ihm zu Weihnachten geschenkt hatte, ganz besonders süß aussah. Sein Haar lockte sich über den Kragen und seine Brust wirkte breit und kräftig.

»Hey, du hast schon eine Regel gebrochen, indem du die jüngste Stipendiatin aller Zeiten in Haverty geworden bist«, erinnerte er sie mit blitzenden Augen. »Ich wüsste nicht, warum du nicht noch eine brechen könntest.«

Später, als alle anderen heimgegangen waren, saßen Holly und Tyler nebeneinander auf der Couch. Eine Nachrichtensendung flimmerte stumm über den Bildschirm des Fernsehers, aber sie schauten nicht wirklich hin.

Tyler lehnte sich zurück und verschränkte die Hände hinter seinem Kopf, den lauter braune Locken bedeckten. »Randy Jack verschafft den armen Lehrern an der Biscay High immer noch täglich Sodbrennen. Und das Essen in der Cafeteria ist immer noch ekelhaft.«

»Abgesehen von den *Chicken Tacos*«, sagten sie dann im Chor und lachten.

Am Anfang hatte Holly Tyler wie verrückt vermisst. Aber irgendwie hatte sie das überstanden. Sie schaffte es mit Hilfe von Briefen und dann und wann einem Anruf. Nächstes Jahr war Tyler alt genug, Auto zu fahren, und dann konnte er sie an ihren freien Wochenenden besuchen kommen. Er aß immer noch sonntags mit seinem Vater bei Hollys Mom zu Abend. Juanita hatte ihr zugeflüstert, sie glaube, dass Phil Norwood versuche, sich an Hollys Mom ranzumachen.

Ihre Mom *und* Tylers Dad? War da was dran? Das war kaum zu glauben. Aber dann lachte Holly laut. Schließlich gab es Schlimmeres.

»Du siehst total glücklich aus«, sagte Tyler unvermittelt.

Holly schaute ihm in die Augen und wurde zum ersten Mal an diesem Abend ernst. »Das bin ich. Zuerst war es so, wie ich dir geschrieben habe«, erzählte sie ihm. »Viele der Mädchen waren richtig affig und ich war nicht sicher, ob ich zu ihnen passe. Aber meine Mitbewohnerin Ditz ist wirklich nett und die Gesangsausbildung ist echt gigantisch.« Sie schwieg einen Augenblick. »Ich glaube, ich weiß einfach, was für ein Glück ich habe, dort zu sein.«

»Das heißt aber nicht, dass ich dich jetzt nicht mehr vermissen werde«, sagte Tyler und legte seinen kräftigen Arm um Holly. Er tat so, als sei er ganz verwirrt. »Sag mal, ich hab's vergessen, wie viele Jahre bleibst du noch da?«

»Drei«, sagte Holly lachend.

»Aha, verstehe. Nach vier würde ich aufhören,

auf dich zu warten. Du schaffst es also gerade noch.«

Holly kicherte. Es gefiel ihr, dass er das gesagt hatte, und wie sich sein Arm um ihre Schultern anfühlte, gefiel ihr sogar noch mehr.

Sie würde Tyler Norwood nicht gegen eine Million Typen aus Haverty eintauschen – nicht mal die, die Corvettes fuhren.

28. Dezember

Liebes Tagebuch,

ich weiß nicht, was schlimmer war – Holly Faye diese Perlen am Tag vor ihrem Geburtstag zu schenken oder ihr nicht zu sagen, dass sie in Wahrheit echt sind. Als ich sie von ihrer tollen Freundin erzählen hörte und diesen wunderschönen Pulli sah, den sie ihr geschenkt hatte, kam etwas über mich und ich – ich schäme mich, es zuzugeben – ich hatte das Gefühl, mit diesen Leuten von Haverty konkurrieren zu müssen, bloß um sicherzustellen, dass sie mich nicht verdrängen. Der Pullover muss mindestens zweihundert Dollar gekostet haben! Finanziell habe ich ihr nicht viel zu bieten, aber die Perlen – die Perlen haben bestimmt mehr gekostet, als ich in einem Jahr verdiene. Aber dann, als sie mich fragte, woher ich sie habe, hörte ich mich stottern und stammeln und irgendeine Lüge von Gower's erfinden.

Eine Lüge, weil ich mich fürchtete, ihr die Wahrheit zu sagen. Die ganze Wahrheit.

Wann werde ich endlich den Mut finden? Das Jahr ist fast herum und ich habe mir geschworen, ich würde es an ihrem Geburtstag machen. Dann an Weihnachten. Aber dann wurde mir klar, dass es ihre Ferien zerstören würde … wann also nun? Welches Datum kann ich mir als Nächstes setzen, um es doch nur wieder zu verpassen? Neujahr? Juanita und Ruby sind so wütend auf mich. Sie sagen mir immer, ich müsste Holly Faye die Wahrheit sagen, bevor es jemand anderes tut … Und obwohl ich weiß, dass sie Recht haben, bringe ich die Worte, die gesagt werden müssen, nicht über die Lippen.

Mit jedem Tag, der vergeht, wird es schwieriger, etwas zu sagen. Die Bande, die uns als Mutter und Tochter verbinden, zerfransen bereits, sie lösen sich auf, da sie in Hattiesburg lebt. Wenn

ich ihr jetzt die Wahrheit sage, wird es unsere Bindung endgültig zerstören.
Lieber Herr im Himmel, hilf mir.
Heute suche ich nach Inspiration in den Worten von Dr. Martin Luther King, Jr. »Ich glaube fest daran, dass unbewaffnete Wahrheit und allumfassende Liebe das letzte Wort haben werden.«
Wenn ich nur so tapfer sein könnte wie jener wunderbare Mann es war.

Kapitel zehn

»NEIN, MS. GONZALEZ, ich habe Dit … ich habe Lydia heute noch nicht gesehen.« Holly biss sich auf die Lippe, als Ditz' manikürte Hand, die unter ihrer Decke hervorragte, ihr panisch bedeutete, weiterzumachen.

Es war wortwörtlich genommen noch nicht einmal eine Lüge.

»Das … das werde ich, Ms. Gonzalez. Ja. Ja, ich weiß, wie wichtig es ist, gerade jetzt, im Januar, in die richtige Richtung zu schreiten. Ja. Ja, das werde ich ihr sagen. Auf wiederhören.« Holly legte den Hörer auf und riss die Decke von Ditz herunter.

»Hey, es ist saukalt!«, beschwerte sich Ditz und versuchte sich in das Laken zu wickeln, das unter der Decke gelegen hatte. Dann stöhnte sie. »Wieso sind eigentlich die Jalousien hoch? Es ist viel zu hell hier drin.«

»Die Jalousien sind hochgezogen, weil es Mittag ist«, sagte Holly barsch. »Ich habe mein Englischbuch vergessen und bin zurückgelaufen, um es holen, und du verschwendest hier den ganzen Tag.«

Weil du dich letzte Nacht rumgetrieben hast, genau wie den ganzen letzten Monat, fügte sie im Stillen hinzu. »Ich werde nicht für dich die Drecksarbeit machen und deine Lehrer anlügen. Du musst wieder zum Unterricht gehen, Ditz. Wenn nicht, dann werden sie deine Eltern anrufen und dich abmahnen.« Sie riss Ditz, um die Worte noch zu verschärfen, auch noch das Laken weg. »Vielleicht werfen sie dich sogar raus!«

In letzter Zeit war Ditz noch risikofreudiger gewesen als sonst. Nicht nur, dass sie eine Flasche Pfirsichlikör auf dem Zimmer versteckte, sie schwänzte auch den Unterricht und schlich sich nach der Schlafenszeit hinaus. Holly konnte kaum glauben, dass sie noch nicht erwischt worden war. Ihr Magen krampfte sich zusammen, wenn sie bloß daran dachte.

Ihre Mitbewohnerin spielte mit dem Feuer.

Ditz grunzte, dann riss sie den Telefonstecker aus der Wand. »Das wagen sie nicht. Mein Daddy hätte seine Anwälte so schnell am Telefon, dass sie allein davon Kopfweh kriegen. Außerdem ...«, sagte sie und stopfte sich ein Kissen unter den Kopf, »... verstehen sich meine Mom und Dr. McSpadden super. Der würde mich nie rausschmeißen lassen.«

Vielleicht stimmt das, dachte Holly, als sie ihr Buch vom Regal nahm und leise die Tür hinter sich schloss.

Aber sie hatte das unangenehme Gefühl, dass Ditz bald herausfinden würde, ob das stimmte.

* * *

Tyler überraschte Holly in diesem Winter, indem er zweimal mit dem Bus nach Haverty kam – er hatte vorher angerufen, um sicherzugehen, dass Holly nicht unterwegs sei. Als Ditz und Tyler einander getroffen hatten, war Holly einen Augenblick lang ziemlich eifersüchtig gewesen – wie könnte sich Tyler nicht in ihre hübsche, lustige Freundin verlieben? Aber Tyler hatte doch nur Augen für Holly gehabt.

»Sei nicht überrascht, wenn du mich bald wieder hier siehst«, hatte Tyler zu ihr gesagt, als sie die kühle Abendluft einatmeten und auf den Bus warteten, der ihn wieder nach Hause bringen würde. »Ich vermisse dich einfach so schrecklich.«

Holly hatte die Tränen weggezwinkert, als er sich zu ihr herunterbeugte, um sie zu küssen. Tyler zu küssen machte sie eigentlich immer glücklich ... außer wenn es Abschiedsküsse waren.

»Wenn du erst mal Bradys Brownies probiert hast, wirst du wissen, wieso ich so einen Aufstand mache.« Ditz rieb sich voller Vorfreude ihren flachen Bauch. Ihre Haare waren zu einem unordentlichen Pferdeschwanz gebunden und sie trug einen neuen Trenchcoat in Minzgrün und dazu ein Paar weiße *Keds*. »Vielleicht sollte ich meine Mutter noch mal anrufen und sie bitten, drei Dosen mitzubringen, statt zwei.«

»Sie transportiert sowieso schon halb Nashville hier runter, bei all den Aufträgen, die du Magdalena gemailt hast«, sagte Holly und zog den Reißverschluss ihrer Jacke zu, während sie durch den geschäftigen Flur des Haverty-Hauptgebäudes gingen. »Außerdem ist es jetzt zu spät. Deine Eltern müssen doch längst losgefahren sein, oder?« Am nächsten Tag würden die Feierlichkeiten für das Eltern-Wochenende beginnen, das alljährlich im Februar veranstaltet wurde – und das war alles, wovon Ditz in den letzten paar Wochen hatte reden können.

»Nein. Sie fliegen morgen früh«, sagte Ditz und stopfte sich einen Kaugummi in den Mund.

Holly konnte kaum glauben, wie viel Geld Ditz' Familie für alle möglichen Sachen ausgab. Sie flogen nur mal über das Wochenende nach Mississippi. Sie selbst war bisher noch nie auf einem Flughafen gewesen, ganz zu schweigen davon, jemals in einem Flugzeug geflogen zu sein.

»Ich verstehe immer noch nicht, wieso deine Mutter nicht eine Vertretung finden konnte, die ihr hilft, die Näharbeiten fertig zu machen, so dass sie auch kommen konnte.« Ditz seufzte. »Ich habe mich darauf gefreut, sie endlich mal richtig kennen zu lernen. Nach all deinen Briefen habe ich das Gefühl, sie irgendwie schon zu kennen.« Holly spielte nervös an ihrem Schulordner herum. »Ich wünschte auch, sie hätte es schaffen können ... Aber es gibt ja immer noch ein nächstes Mal, nicht wahr?« Sie wusste, dass ihre Mom mit Pauken und Trompeten aufgelaufen wäre.

Wenn Holly ihr nur von dem Eltern-Wochenende *erzählt* hätte.

Aber dass ihre Mom hier in ihrem alten Wagen und mit ihrem knallroten Muttermal auftauchte, war nichts, was Holly geschehen lassen wollte. Sie wusste, dass es schrecklich war, aber so ging es ihr nun einmal. Deshalb hatte sie allen, die es interessierte, erzählt, dass ihre Mutter zu viel zu tun hätte, um zu kommen. Es gab viele Kinder, deren Mütter zu viel zu tun hatten, oder die sogar auf Geschäftsreisen waren, deshalb war es für die meisten gar keine große Sache.

In Wahrheit aber hatte sie Wanda von der ganzen Angelegenheit kein Sterbenswörtchen erzählt.

Alle glaubten ihre Lüge. Holly war nicht klar gewesen, wie einfach es war, die Menschen an der Nase herumzuführen.

Oder wie schlecht sie sich dadurch fühlen würde.

»Dann musst du eben mit uns mitkommen«, entschied Ditz und hakte sich bei Holly unter. »Ich will meinen Eltern den neuen Übungssaal zeigen, und vielleicht machen wir auch eine dieser Campus-Touren, die diese coolen Typen aus der Jazz-Abteilung anbieten. Die kennen die noch nicht, letztes Jahr konnten sie nämlich nicht kommen, weil meine Großmutter schwer krank war. Am Abend wird noch ein Feuer angezündet, und wir singen was, und danach gehen wir essen.« Ditz guckte ganz aufgeregt. »Und am Sonntag gehen wir noch brunchen, bevor sie dann wieder fahren.«

»Aber du hast deine Eltern doch lange nicht gesehen«, sagte Holly, als sie zurück auf ihr Zimmer gingen. »Vielleicht wollt ihr drei lieber etwas alleine machen.«

Die Erkenntnis, dass sie auch mit ihrer eigenen Mutter hätte Spaß haben können, surrte wie eine Mücke in ihrem Ohr. Sie verscheuchte den Gedanken.

»Meinen Eltern ist das egal«, sagte Ditz etwas weniger begeistert. Das Glitzern in ihren Augen wurde matter. »Und wenn deine Mom nun mal nicht kommen kann, dann teile ich eben meine.«

War das wirklich eine gute Sache? Holly war nicht sicher.

»Ist das nicht toll?«, rief Ditz fröhlich über das Lärmen der Menge hinweg, als sie, ihre Eltern und Holly eng aneinander gequetscht auf einer Bank im Freien saßen. Das Feuer wallte hoch über sie auf, die Flammen leckten förmlich am tintenschwarzen Nachthimmel. Eine Reggae-Band aus Haverty-Schülern spielte Songs von Bob Marley und ein paar Leute tanzten.

Holly hatte das Gefühl, dass dies nicht unbedingt die Art von Vergnügung war, die Peter und Valerie Hale vom Stamme der Nashville Hales normalerweise genossen.

Mrs. Hale wischte ein paar unsichtbare Fussel von ihrem dunkelblauen Blazer. In ihrem schulterlangen, blonden Haar glänzten honiggoldene Strähnchen und Holly glaubte, sie würde wirklich hübsch aussehen, wenn sie nur einmal lächelte. »Ich hatte gehofft, wir würden Amber Jacksons Eltern begegnen. Ich habe Polly und David nicht gesehen, seit wir einander in Aruba im Dezember trafen.«

Mr. Hale machte sich nicht einmal die Mühe, ein Lächeln auf sein Gesicht zu zwingen, bevor er zum vierten Mal auf die Uhr schaute. »Sind sie nicht ein bisschen zu spät dran?« Er erinnerte Holly an einen dieser Männer von der Wallstreet, die sie in Filmen gesehen hatte, so schnell wie er redete und in diesem teuren Maßanzug.

»Ich glaube nicht, dass es noch viel länger dauert, Dad.« Ditz machte eine hoffnungsvolle Miene. »Es ist nur, na ja, ich wollte, dass ihr den Geist Havertys zu sehen bekommt. Die Kameradschaftlichkeit, das Feuer, die Leute.« Sie wackelte mit den Augenbrauen. »Die hübschen Jungs aus dem Klavierunterricht.«

»Das hier ist eher der Abfluss, durch den mein ganzes Geld fließt«, sagte Mr. Hale. Holly war nicht sicher, ob er das im Spaß sagte.

Von dem Augenblick an, in dem Mr. und Mrs. Hales Limousine in Haverty angekommen war, hatten sie sich beschwert: Die Gebäude waren zu weit auseinander. Sie konnten den Tourguide nicht hören. Das Wetter war kalt und feucht.

Selbst die fröhliche, gut gelaunte Ditz nahm das mit. Und was Holly anging, nachdem sie über den ganzen Campus gelaufen war, nachdem sie mit all den anderen Schülern und deren Eltern zum Mittagessen am Büfett in der Cafeteria angestanden hatte, nachdem sie ihren Freunden von *Lieder für alle* geholfen hatte, die Aufführung am Nachmittag vorzubereiten, hatte sie sich darauf gefreut, zu sitzen.

Aber alles, worauf Mr. und Mrs. Hale sich zu freuen schienen, war ihr Heimflug.

Mrs. Hale begann zu husten. »Der Rauch ist nicht gut für meine Kontaktlinsen. Und mir ist eiskalt. Ich hatte keine Ahnung, dass man so ein Feuer auch bei Minusgraden anzündet!« Sie erschauerte.

»Wie wäre es, wenn ich uns heiße Schokolade hole?«, schlug Holly vor. Sie war froh, eine Entschuldigung gefunden zu haben, um für einen Moment verschwinden zu können.

»Das wäre nett, Holly. Danke«, sagte Ditz dankbar.

Mrs. Hale winkte Holly noch kurz zu, bevor sie ihr Handy nahm.

Holly war durchaus aufgefallen, dass Ditz, seit die Hales angekommen waren, innerlich durch brennende Reifen sprang. Nach den ganzen Wochen voll aufgeregter Planungen hatte Holly erwartet, der Wiedervereinigung einer fröhlichen Familie beizuwohnen, so wie sie es aus dem Fernsehen kannte. Stattdessen schienen diese Leute die Minuten zu zählen, bis sie endlich wieder gehen durften.

Holly kaufte an einem Stand vier Becher heiße Schokolade und stellte sie auf ein kleines Papptablett, bevor sie zurück zu den Hales ging. *Wenn Mom hier wäre, würden wir so viel Spaß haben*, dachte sie voller Schuldgefühle, denn sie wusste, welches Vergnügen ihre Mom die Tour über den Campus gemacht hätte, und wie stolz sie gewesen wäre, wenn sie Holly oben auf der Bühne mit ihren Klassenkameraden hätte auftreten sehen. Wanda hätte sich niemals darüber beklagt, wie kalt es wäre oder auf ihre Uhr gesehen. *Wieso muss sie bloß dieses ekelhafte rote Muttermal haben? Und unser Wagen ist nicht weniger peinlich.* Holly spürte, wie sie rot wurde, als sie begriff, wie bösartig sie sich aufführte.

Mrs. Hales nasale Stimme schwebte über die Menge, als Holly näher kam. »Entschuldige, aber war die Idee nicht, ein wenig Zeit mit Lydia zu verbringen?«, sagte sie zu Mr. Hale. »Wer wusste denn schon, dass wir diese kleine verwaiste Stipendiatin mit durchschleppen würden?«

Holly erstarrte, aus einem der Becher schwappte

heiße Schokolade. *›Diese kleine verwaiste Stipendiatin‹? So sehen die mich? Aber ich habe doch eine Mutter*. Ihr fiel ein, dass ihre Mutter auch mit dem Bus um sechs Uhr dreißig morgens hätte kommen können, statt mit dem Wagen zu fahren, wenn Holly nur daran gedacht hätte.

Holly starrte auf ihre ausgetretenen Slipper, an deren Spitze kleine Lehmbröckchen klebten. Wie konnte Mrs. Hale ihr gegenüber erst nett sein und dann so etwas Gemeines sagen? Aber gleichzeitig war Holly ziemlich sicher, dass Ditz ohne sie einen wirklich elenden Tag gehabt hätte, statt eines nur halb elenden, denn ihre Eltern waren wirklich unangenehm.

Es war egal, ob die Hales falsch waren. Ditz war ihre Tochter und sie war gar nicht wie sie.

Sie war Hollys einzige wirkliche Freundin in Haverty.

Holly reckte den Kopf so hoch sie konnte, ging zurück zur Bank und balancierte dabei vorsichtig die Becher mit der heißen Schokolade.

»Vielen Dank«, sagte Mrs. Hale und ließ ein Lächeln aufblitzen, als sie einen Becher nahm. Mr. Hale machte es ebenso.

»O nein, du hast deinen verschüttet«, sagte Ditz, als ihr der halb volle Becher auffiel, den Holly gleich als ihren bezeichnet hatte.

»Das ist schon in Ordnung«, sagte Holly leise. »Ich bin sowieso nicht so durstig.«

»Das ist dann wohl der Abschied.« Holly stand am Rand daneben, als Ditz unglücklich die Hales anlächelte, als wären sie zwei Fremde und nicht ihre Eltern.

Vielleicht waren sie das auch.

Sie standen vor den schweren Türen mit den Messingbeschlägen, die zum Theater von Haverty führten. Eltern und Schüler strömten hinein, um mitzusingen.

Aber nicht die Hales.

Mr. Hales war für ein dringendes Meeting der Firma, die er leitete, zurück nach Nashville gerufen worden. Und deshalb mussten die Hales ihre Pläne streichen, an den Veranstaltungen des Abends teilzunehmen, damit sie noch den früheren Rückflug zu schafften.

Ich bin sicher, das ist alles sehr wichtig, aber wie können sie Ditz das antun?, fragte sich Holly entgeistert, als Mr. Hale dem Fahrer der Limousine zuwinkte und Mrs. Hale ihre Tochter demonstrativ umarmte. Ditz war so begeistert gewesen, dass die beiden kamen – und jetzt gingen sie einfach früher.

»Arbeite weiter so gut mit, Lydia«, sagte Mr. Hale und drückte Ditz' schmale Schultern. »Keine Tränen«, sagte er scharf, als Ditz' Augen feucht wurden. »Du gehst mit deinen Freunden da rein und hast Spaß beim Singen.«

»Und vergiss nicht, Schätzchen, bei den Schönheitswettbewerben lieben sie Mädchen, die Klavier spielen können«, sagte Mrs. Hale und strich Ditz' vom Wind zerzaustes Haar glatt.

»Ich weiß.« Ditz schniefte. »Danke, dass ihr gekommen seid. Ich ... ich wünschte bloß, ihr hättet länger bleiben können ... wie geplant.«

»Nun komm schon, Schätzchen. Mach uns keine Schuldgefühle!« Mrs. Hale schaute Holly mitleidig an. »Manche Eltern sind gar nicht gekommen.« Holly schluckte. Sie war nicht sicher, was sie dazu hätte sagen sollen. *Meine Mutter würde mich nie im Stich lassen*, dachte sie. *Wenn ich ihr überhaupt die Möglichkeit dazu gegeben hätte jedenfalls.*

Holly wünschte Mr. und Mrs. Hale eine gute

Rückreise nach Nashville, dann ging sie ins Theater hinein, so dass Ditz sich in Ruhe von ihren Eltern verabschieden konnte. Als Ditz ein paar Sekunden später hinter ihr herkam, waren ihre Augen rot und die sonst eher rosigen Wangen glühten.

»Mein Vater wäre nie gefahren, wenn es nicht superwichtig wäre«, sagte sie zu Holly, als sie sich durch die Menge drängten. Sie hatte ein schiefes Lächeln im Gesicht.

»Oh, das glaube ich. Ich bin ganz sicher, dass es wirklich wichtig ist«, versicherte ihr Holly.

Aber nicht so wichtig wie du.

Kapitel elf

NACH SIEBEN MONATEN in der Schule war Holly Faye völlig klar, dass sie dort niemals einen so netten Kerl kennen lernen würde wie Tyler. Sie beschloss, ihn zu heiraten. Sie trug ein wunderschönes Kleid, dessen Schleppe genauso lang war, wie sie groß war. Ditz spielte Klavier und ihre Mutter saß weinend in der ersten Reihe der Kirche.

Jedenfalls glaubte Holly, dass sie weinte. Nein, es war nur das Klingeln des Telefons.

Ihr klingelndes Telefon. Es weckte Holly aus ihrem Traum. »Du musst kommen und mich holen!«, jammerte die Stimme, als sie abnahm.

»Was? Ditz?«, murmelte Holly und setzte sich im Bett aufrecht hin. Sie schlief noch halb. Ihre Uhr zeigte 2:14, mitten in der Nacht.

»Wach auf!« Ditz schrie praktisch ins Telefon. »Ich bin hier am Arsch der Welt und diese Sau hat meine Handtasche geklaut. Gott sei Dank habe ich mein Handy noch. Nimm die drei Zwanziger, die in der kleinen Porzellandose auf meinem Nachttisch liegen.«

»Welche Sau?«, fragte Holly müde. »Was hast du gesagt, wo du bist?« Es ging alles viel zu schnell für jemanden, der gerade noch fest geschlafen hatte. Sie und ihr Chor waren erst kurz vor Mitternacht von einem Konzert in Tupelo zurückgekehrt. Sie hatte bei dem Auftritt mit aller Kraft gesungen und im Bus sangen alle noch weiter, so dass Holly geschafft und ohne einen Gedanken daran, dass Ditz nicht in ihrem Bett lag, in ihr eigenes gefallen war.

»Das sage ich dir später. Hör zu.« Diesmal sprach Ditz langsamer und Holly konnte einen Lastwagen vorbeifahren hören. »Du musst kommen und mich holen.«

»Wie das? Ich kann doch gar nicht fahren«, sagte Holly, die immer noch nicht klar denken konnte.

»Geh hinter der Schule über den Hügel und runter zur Ecke Seventh/Blanchard«, erklärte Ditz. »Es wird dich keiner sehen, wenn du die Hintertür nimmst. Die benutzt niemand, bis die Küchenschicht morgens kommt. Ruf jetzt ein Taxi und lass dich dort von dem Fahrer aufsammeln. Sag dem, er soll dich zum Redeye Saloon fahren. Ich bin ungefähr eine halbe Meile von dort aus die Straße runter. Östlich, schätze ich. Okay?«

»Äh … okay.«

»Beeil dich!« Wählton.

Holly wählte die Nummer der Auskunft, ließ sich verbinden und bat dann den Taxiruf, ihr in zehn Minuten einen Wagen an die Ecke Seventh/Blanchard zu schicken. Dann zog sie eine Jeans an, ein Geschenk von Ditz, und über das Norwoods-Autowerkstatt-T-Shirt, in dem sie schlief, zog sie ihre Jacke. Genau wie Ditz gesagt hatte, fand sie die drei Zwanziger.

Das wäre bestimmt genug, um damit zum Redeye Saloon zu fahren, aber wie kamen sie dann heim? Sie durchwühlte ihre eigene Kommode und fand noch sieben Dollar. Sie stieß ein kurzes Gebet aus und lief los.

Ihr Herz klopfte, als sie zur Hintertür hinausschlich und über den Campus eilte. Sie war sicher, dass sich hinter jedem Baum dunkle Schattenmänner verbargen, und als sie die Lichter des wartenden Taxis entdeckte, war sie praktisch in Tränen aufgelöst.

»Hast du Geld?«, fragte der Fahrer misstrauisch, als sie einstieg. Er hatte ganz fettige Haare. »Nach draußen zum Redeye kostet's fünfzehn.« Holly winkte ihm mit einem Zwanziger zu. »Ja. Bitte beeilen Sie sich.« Sie hatte noch nie in einem Taxi gesessen und war froh, dass er sie nichts anderes fragte. Als sie sich dem Redeye Saloon näherten, bat Holly ihn, langsamer zu fahren. Ein paar Sekunden später entdeckte sie im Schatten am Straßenrand die Gestalt eines Mädchens.

»Da drüben!«, rief sie, als Ditz ihnen mit dem Handy in der Hand zuwinkte.

Holly war in ihrem ganzen Leben noch nie so froh gewesen, jemanden zu sehen. Ditz glitt neben ihr in den Wagen, ihre Zähne klapperten von dem langen Aufenthalt in der kalten Märzluft. Sie trug ein kurzes, blaues Spitzenkleid und eine passende Strickjacke. Ihre langen, braunen Haare standen in alle Windrichtungen ab, ihre Strumpfhose hatte eine Laufmasche und ihre Strickjacke war falsch geknöpft. Zu allem Überfluss roch sie auch noch wie frisch geräuchert.

»Fahren Sie uns bitte zurück nach Haverty«, sagte Holly dem Fahrer.

»Sie haben mir nicht gesagt, dass Sie jemanden mitnehmen wollen. Das kostet nach Mitternacht fünf Dollar extra.«

»Bezahlen wir«, sagte Ditz, sank zurück in die demolierten Plastiksitze und streifte ihre Schuhe ab. Das Taxi wendete.

»Erzähl«, befahl Holly.

Ditz holte Luft. »Erinnerst du dich an den Typen, von dem ich dir erzählt habe, Kevin? Den ich letzte Woche vor dem Kino in Hattiesburg kennen gelernt habe?«

Holly nickte.

»Er hat angerufen und gefragt, ob ich heute mit ihm ausgehen wolle. Wir haben wirklich nett in so einem Barbecue-Laden zu Abend gegessen, und dann sind wir rüber ins Redeye gefahren und haben ein paar Cocktails getrunken und …«

»Wie viele?«

Ditz zuckte mit den Achseln. »Drei oder vier.«

»Drei oder vier?«

»Ich erzähl dir gar nichts, wenn du nur auf mir rumhackst!«, drohte Ditz.

Holly wartete.

Ditz holte noch einmal tief Luft. »Wir waren gerade wieder in seinen Wagen gestiegen und wollten heimfahren, als er anfing mich zu küssen und anzufassen, und dann hat er mich begrapscht wie ein Schaf beim Scheren.« Sie schnitt eine Grimasse. »Zuerst hatte ich nichts dagegen, aber dann sabberte der nur noch so rum und hat mir direkt ins Gesicht gerülpst.«

»Eklig!« Holly rümpfte die Nase.

»Ich hab ihm gesagt, er soll aufhören, aber das hat er nicht gemacht, und dann hab ich ihm eine geknallt.«

Holly sog ihre Wangen ein. »Und dann?«

»Dann hat er gesagt, das wäre das letzte Mal gewesen, dass ich ihn angefasst hätte, und er hat die Tür aufgemacht, mich rausgestoßen und ist einfach losgefahren – mit meiner Handtasche in seinem Wagen!« Ditz fuchtelte wütend mit ihrem Handy durch die Luft. »Der Türsteher im Redeye wollte mich ohne meinen Ausweis nicht wieder reinlassen und mir gefiel auch nicht, wie mich ein paar von den Typen, die da rumhingen, anglotzten, also habe ich beschlossen, so zu tun, als würde ich mich mit meinem Freund treffen.«

»Und dann hast du mich angerufen?«

Ditz guckte betreten. »Noch nicht. Das Quietschen von Kevins Reifen, als er vom Parkplatz fuhr, hat einen der Polizisten, der sich gerade im Redeye umsah, aufmerksam werden lassen. Einer der Wagen fuhr hinter ihm her, der andere hielt neben mir.«

»Wenn sie rausgefunden hätten, wie jung du bist, hätten sie dich verhaften können«, rief Holly.

Ditz winkte ab. »Ich habe dem Polizisten erzählt, was passiert ist, und er hat mich gefragt, wie alt ich sei. Ich habe ihm gesagt, ich wäre alt genug.« Sie lachte gerissen.

»Ditz!«

»Hey, der war wirklich verdammt süß. Ich war mir sicher, dass er mir das abnimmt. Ich habe ihm dann gesagt, er wäre total süß und habe ihm meine, also unsere Telefonnummer gegeben. Und ich hab gesagt, ich würde darauf warten, dass mein Bruder käme, um mich abzuholen. Da hat er mich in Ruhe gelassen. Und *dann* habe ich mich in die

Büsche da drüben geschlichen und dich angerufen.«

»Du hast ihm was gegeben?«, rief Holly so laut, dass der Taxifahrer sich umdrehte und sie für einen kurzen Moment anstarrte. Sie traute ihren Ohren nicht.

»Ach, mach dir keine Sorgen, ich würde doch *niemals* einem Bullen unsere richtige Nummer geben. Nicht mal, wenn er aussieht wie ein Filmstar.« Ditz gähnte und schloss die Augen. »Mann. Urplötzlich bin ich total fertig.«

Nachdem sie das Taxi bezahlt und Ditz auf ihr Zimmer in Sicherheit gebracht hatte, schaltete Holly die kleine Nachttischlampe an. Ditz stöhnte, als sie sich im Spiegel sah. »Ich muss dringend pinkeln und dann schlafen«, sagte sie und taumelte ins Bad.

Als sie wieder rauskam und – angezogen wie sie war – ins Bett krabbelte, deckte Holly sie mit einem Laken zu und schaltete das Licht aus.

Es dämmerte bereits, als Holly von dem Klang trockenen Würgens aus dem Badezimmer geweckt wurde. Ditz hatte wohl nicht die Zeit gehabt, die Badezimmertür zu schließen. Sie trug immer noch die Sachen, die sie in der Nacht zuvor getragen hatte, saß auf dem Boden, den Kopf über die Kloschüssel gebeugt.

Zu trinken ist so schick, dachte Holly. Sie zog sich an, ging runter in die Cafeteria, holte ein paar Muffins und zwei Tassen Kaffee. Sie brachte auch ihre Post mit.

Es waren die üblichen Campus-Flugblätter, ein Brief von Tyler, ein paar Kataloge für Klamotten und Badesachen und CD-Clubs. Die gingen alle an Ms. Lydia Hale, King Dormitory.

Und dann war da auch noch der lange, beigefarbene Umschlag vom Haverty Student Review Board.

»Hi, Mom«, sagte Ditz mit falscher Fröhlichkeit und ging in ihrem Zimmer hin und her. Sie hatte sich eine Jeans und einen Pulli angezogen und ihre Haare waren noch nass vom Duschen. »Alles in Ordnung! Kann ich dich nicht einfach mal anrufen, um Hallo zu sagen?«

Holly blieb der Mund offen stehen. »Kleine Übertreibung«, sagte sie zu Holly so leise, dass ihre Mutter es am anderen Ende der Leitung nicht hören konnte.

Nachdem sie die letzten zwei Stunden mit dem Brief im Schoß wie ein Zombie dagesessen hatte, hatte Ditz eine Nachricht bei Dr. McSpaddens Sekretärin hinterlassen, in der sie ihn bat, ihre Eltern nicht über die derzeitige Situation zu informieren. Sie hatte sowohl ihm als auch Holly versprochen, dass sie alles mit ihrer Mom besprechen würde, wenn sie sich in den Frühjahrsferien auf St. John's trafen, und dass sie sich bis dahin *wirklich, wirklich, wirklich* auf den Unterricht konzentrieren würde.

Dann hatte sie bei sich zu Hause angerufen, aber Magdalena hatte gesagt, ihr Vater sei im Fitnessstudio und ihre Mutter beim Brunch. Also hatte Ditz ihre Mutter auf dem Handy angerufen.

Wieso tut sie so, als wäre alles in Ordnung?, fragte sich Holly besorgt, während sie zusah, wie Ditz' Hände das Telefon umklammerten. Wenn sie überhaupt irgendjemandem beichten sollte, dann doch wohl ihrer Mutter. Wieso rief sie sie denn überhaupt an, wenn sie gar nicht vorhatte mit ihr zu sprechen?

Holly beobachtete, wie Wolken über Ditz' Gesicht zogen. »Wie meinst du das, wir fahren nicht nach St. John's? Aber wir planen das doch schon seit Neujahr«, klagte sie. »Du hast versprochen, dass wir ein bisschen Zeit ... ja, ich weiß, aber ... ich weiß, aber ...«

Plötzlich wünschte sich Holly, sie hätte sich entschuldigt, bevor Ditz zu Hause anrief. »Na gut. Wie auch immer.« Ditz runzelte jetzt die Stirn. »Mom, mir ist *egal*, dass sie ein tolles Ferienprogramm für Teenager in Florida haben. Ich *will* nicht dahin zurück. Ich will nach St. John's.« Ihre Hände zitterten. »Mit dir«, flüsterte sie noch kaum hörbar.

Holly plante, die Frühjahrsferien im sonnigen Biscay zu verbringen, aber sie wusste, dass viele der Schüler nach Florida fuhren oder sogar auf tropische Inseln, so wie Ditz. *Ich schätze, dieses Jahr wird Ditz nicht dabei sein*, dachte sie mitfühlend.

Ditz' Stimme wurde jetzt ärgerlich. »Genau genommen gibt es da doch ein paar Sachen, über die ich mit dir reden müsste. Letzte Nacht ist meine Handtasche gestohlen worden. Ich war ...« Sie runzelte die Stirn. »Nein, es war nicht meine *Fendi*. Ich ... ja, ich habe schon die Kreditkarte sperren lassen. Ansonsten war da nichts Wertvolles drin, außer meinem gefälschten Ausweis«, platzte sie heraus und erstaunte Holly mit ihrer Direktheit.

Aber offensichtlich kapierte Mrs. Hale das gar nicht, denn Ditz ging sofort zum nächsten Thema über.

»Mom, die Schule hat mir einen Brief geschickt. Sie haben gesagt ... sie haben gesagt ... meine Noten müssten besser werden.«

Ja! Holly streckte den Daumen in die Höhe.

»Nein, er war nicht von Dr. McSpadden, er war vom Student Review Board.« Ditz hörte einen Augenblick zu. »Ich weiß nicht. Ich nehme mal an, weil sie diejenigen sind, die so was eben erledigen.« Sie hörte wieder zu und ihr Gesicht versteinerte. »Okay, Mom. Ich weiß, du wirst an den richtigen Fäden ziehen«, sagte sie tonlos. »Du hast Recht, ich werde mir keine weiteren Sorgen machen. Und ich ...« Sie starrte den Hörer an. »Mom? Hallo? Bist du noch da?« Ein paar Sekunden vergingen. »Oh, die Mimosen-Omeletts für dich und Whitney sind gerade gekommen. Okay. Mm-hm. Bye.«

Ditz konnte nicht einmal Holly anschauen, nachdem sie den Hörer aufgelegt hatte.

»Ditz?«, fragte Holly und berührte ihre Freundin

vorsichtig am Arm. »Wenn du in den Frühjahrsferien noch nichts vorhast, ich weiß einen Ort, den ich gern mit dir besuchen würde.«

»Hier bist du also aufgewachsen«, sagte Ditz begeistert, als sie ein paar Wochen später aus dem Bus stiegen und den Weg zum Haus der Lovells entlang gingen.

Holly musste über die Reaktion ihrer Freundin grinsen. »Ja, hier ist es.« Sie zeigte auf ein kleines Wäldchen auf der anderen Straßenseite. »Dort haben meine Freunde und ich Verstecken gespielt – da gibt es ein paar erstklassige Verstecke. Wenn du in die andere Richtung gehst, dann kommst du zu Norwoods Autowerkstatt.« Sie konnte es kaum erwarten, Ditz Tylers Zuhause zu zeigen.

»Und da hinter der großen alten Ulme – das ist unser Haus.«

Das kleine gelbe Häuschen mit den hübschen Blumenbeeten und dem grünen Plastikbriefkasten, auf dem *LOVELL, W.* stand, sah plötzlich viel kleiner und einfacher aus, jetzt wo Holly es mit Ditz zusammen besuchte. Holly hatte Fotos von Ditz' Haus gesehen, ein riesiges Kolonial-Ziegelgebäude mit einer kreisförmigen Auffahrt. Als sie die Hintertür zu ihrem eigenen Haus aufdrückte und hineinging, empfand sie es noch kleiner. Das gesprungene Linoleum schien ihr entgegenzuspringen, und die gerahmten Drucke von Teddybären in Jeanshosen an den Wänden sahen lächerlich aus.

Holly sah sich nach Ditz um und sagte mit entschuldigendem Blick: »Ich weiß, es ist nichts Besonderes ...«

»Es ist wie ein Puppenhaus«, rief Ditz begeistert, stellte ihre Tasche ab und streckte ihre Arme. »Es ist so niedlich!«

»Und du bist genauso hübsch, wie Holly Faye immer erzählt«, sagte Wanda, die aus ihrem Zimmer geeilt kam. »Du musst Lydia sein!« Prinzessin kam hinterher gerannt, sie schnappte nach Wandas Fersen und kläffte so wild, wie es nur Schoßhündchen können.

»Oh, ist die süß!«, seufzte Ditz, als Holly Prinzessin hochnahm und ihren weichen, apricotfarbenen Pelz küsste. Dann wandte sich Ditz strahlend Wanda zu. »Bitte, Mrs. Lovell, nennen Sie mich Ditz – und warten Sie, ich weiß schon, dass Sie das nicht wollen!«

Holly hatte sich große Sorgen gemacht, was Ditz wohl von dem Muttermal ihrer Mutter halten würde.

Aber das hätte sie nicht tun müssen. Ditz war so warm und freundlich, als wäre es gar nicht da.

Wanda schüttelte lachend den Kopf. »Ich kann gar nicht glauben, dass ein so hübsches Mädchen wie du so einen albernen Namen trägt ... aber wenn du es möchtest, dann eben *Ditz*. Aber nur unter einer Bedingung. Du musst mich Wanda nennen.«

Wanda umarmte Holly und die quiekende Prinzessin ganz fest. »Willkommen daheim, meine Süße. Eine ganze Woche mit dir. Prinzessin und ich schweben auf Wolke sieben.« Dann streckte sie die Arme aus und zog Ditz in die Umarmung hinein. »Wir werden die schönsten Frühjahrsferien aller Zeiten haben.«

Holly hatte ihrer Mom ein bisschen von Ditz' familiärer Situation erzählt. Sie wusste, dass ihre Mom die Meinung, die sie dazu hatte, für sich behalten würde.

»Ich freue mich so, Sie kennen zu lernen. Vielen Dank, dass ich bei Ihnen die Ferien verbringen darf. Es tat mir so Leid, dass Sie am Eltern-Wochenende nicht kommen konnten«, sagte Ditz zu Wanda, während sie sich im Haus umsah. Sie schien alles in sich aufzunehmen.

Holly glaubte, sie würde niemals mehr den Ausdruck auf dem Gesicht ihrer Mutter vergessen können, als Wandas Blick den ihren suchte. »Du erinnerst dich ... Du erinnerst dich doch, Mom«, stammelte sie. Sie versuchte ihre Mutter dazu zu bewegen, mitzuspielen. »All diese ... diese Änderungen, die du machen musstest.«

»Eltern-Wochenende«, sagte Wanda nach einer kurzen Pause. Sie sah aus, als hätte sie gerade jemand mitten ins Gesicht geschlagen. Ditz mochte glauben, dass es daran lag, dass sie bereute, das Wochenende verpasst zu haben, aber Holly wusste es besser. »Oh, ja. Ich ... ich hatte so viel zu tun, dass ich nicht kommen konnte.«

Der Kloß in Hollys Hals war zu schmerzhaft, um ihn hinunterzuschlucken.

Wanda wechselte schnell das Thema. »Wollt ihr Mädchen was zu trinken? Ich habe gerade einen ganzen Krug rosa Limonade gemacht.«

Holly war erleichtert, obwohl sie sich schämte. Ja, sie würden jetzt erst einmal Limonade trinken.

Die Frühjahrsferien in Biscay vergingen schneller, als ein Kolibri mit seinen Flügeln schlagen konnte. Holly stellte Ditz all den Leuten vor, die sie schon aus Wandas Briefen kannte. Sie unternahmen lange Spaziergänge mit Prinzessin und quatschten mit Bel über ihre Freunde, sie besuchten die Frauen des Nähzirkels (die jetzt an einem verrückten viktorianisch angehauchten Quilt arbeiteten, für den sie uralte Stofffetzen verwendeten). Sie sahen nach Ethlyn Chall und ihrer Pudel-Dauerwelle (immer noch so widerspenstig wie bisher) und ließen sich in Juanitas Shear Magic Salon die Haare waschen und föhnen (auf Kosten des Hauses).

Nachdem Ditz Tyler bereits bei einem seiner Besuche in Haverty kennen gelernt hatte, glaubte sie sowieso, er sei der tollste Typ auf der ganzen Welt. Aber jetzt, wo sie ihn an einem alten T-Bird herumschrauben sah, den sein Vater restaurierte, versprach sie zwar, sich nicht in ihn zu verlieben, drohte aber, eine Anzeige aufzugeben, in der sie einen geklonten Tyler suchte.

»Ich muss mir auch so einen ordentlichen Jungen suchen«, gestand sie Holly eines Nachts, nachdem Tyler heimgegangen war.

»Wenn wir lange genug hier bleiben, könnte dir das auch passieren«, erwiderte Holly. Natürlich standen alle Jungs aus Biscay Schlange, um wenigstens einen Blick auf die schicke Ditz zu werfen.

Am Sonntag gingen Holly, Ditz und Wanda in die Kirche, wo Holly ein so wunderbares Solo sang, dass sogar viele Erwachsene, darunter auch einige Männer, Tränen in den Augen hatten.

Am Nachmittag regnete es wie verrückt. Wanda fand, dass es höchste Zeit sei, damit aufzuhören, durch die Stadt zu geistern, und stattdessen eine Kanne Tee zu kochen und die Füße hoch zu legen.

»Ich denke, ich sollte ein bisschen für den Literaturunterricht lesen«, sagte Ditz seufzend und zog eine Ausgabe von *Jane Eyre* aus ihrem Rucksack, als sie sich auf der Couch der Lovells niederließ. Dann aber schmiss sie das Buch auf den Boden. »Ach, was soll's? Ich will einfach nur hier sitzen und Spaß mit euch haben.« Ihre Mundwinkel bogen sich nach unten. »Morgen ist unser letzter Tag.«

Holly hatte gehofft, dass Ditz Verständnis haben würde, dass sie aus bescheidenen Verhältnissen kam, und dass Biscay ihr vielleicht gefallen könnte – sie hatte nie erwartet, dass sie es *lieben* würde.

Und Ditz' Liebe zu Biscay hatte auch Holly die Augen geöffnet. Sie war zwar bereits zuvor stolz auf ihre Heimatstadt gewesen, aber jetzt, wo sie alles mit Ditz' Augen sah, erschien ihr Biscay in einem neuen Licht. Und es stellte sich heraus, dass die Stadt, mit ihren erdverbundenen Menschen und den weiten freien Flächen, wesentlich cooler war, als sie gedacht hatte.

»Kann ich euch Lovell-Frauen etwas fragen?« Ditz schaute sie mit einem etwas unsicheren Ausdruck an.

»Natürlich«, sagte Wanda und legte den Kissenbezug hin, den sie gerade bestickte.

Jetzt fragt sie nach dem Muttermal, dachte Holly und zuckte zusammen. Das tat jeder früher oder später.

»Bitte verstehen Sie mich jetzt nicht falsch.« Ditz sah aus, als müsse sie all ihren Mut zusammennehmen. »Ich war schon in vielen Häusern, in Häusern mit antiken Möbeln und extra Räumen für sämtliche Medien und mit Swimming-Pools im Keller ... und manchmal geht es den Leuten, die dort leben, richtig schlecht. Aber Sie, Sie leben in einem Haus, das … einfach ist. Und Sie sind so ungefähr die glücklichste Familie, die ich je kennen gelernt habe.« Sie zögerte. »Ich hoffe, ich beleidige Sie nicht mit meinen Worten.«

Wanda nickte ermutigend. »Natürlich nicht. Sprich weiter, Liebes.«

»Sehen Sie, ich, ich … ich *gehöre* zu diesen Leuten, die in einem großen Haus mit antiken Möbeln leben, die so alt sind, dass sie in einem Museum ausgestellt werden könnten.« Sie lachte tönern. »Jeder Film, den man nur sehen möchte – *wir* haben ihn auf DVD. Wenn ich zu Hause bin, macht unser Koch jeden Tag das Frühstück. Und unser Pool ist schöner als der im Country Club meines Dads.« Ihre Schultern zuckten. »Aber ich … ich bin nicht glücklich.«

Holly hatte Mitleid mit Ditz. Das Trinken, die lockere Art, in der Ditz sich mit Jungs einließ, die vielen, vielen Partys. So extrem war man nicht, wenn man innerlich wirklich glücklich war.

»Ich weiß, dass es dir merkwürdig vorkommen muss, dass wir mit so wenig zufrieden sind«, sagte Wanda zu Ditz, während Holly, die nicht sicher war, wie zufrieden *sie* eigentlich war, gedankenverloren die handgenähten Gardinen betrachtete.

»Merkwürdig?« Holly war überrascht, als Ditz lachte. »Nein, überhaupt nicht. Ich sehe doch, warum Sie so glücklich sind. Sie haben tolle Freunde, es gibt wunderbare selbst gekochte Mahlzeiten, und Sie wohnen in dem kuscheligsten, niedlichsten Häuschen, in dem ich je übernachtet habe.«

Ditz sah aus, als suche sie nach den richtigen Worten. »Verstehen Sie mich nicht falsch. Ich will kein Mitleid, denn ich bin kein armes reiches Mädchen, ehrlich nicht. Ich liebe ein schönes Paar Designer-Schuhe und die Aussicht – genau wie die anderen Mädchen –, zum Sechzehnten einen BMW zu kriegen. Und ich hoffe jedes Mal, dass diese Sachen mich dann auch glücklich machen, aber das tun sie eben nicht. Nachdem ich nun hier bei Ihnen war …« Sie zögerte. »Gibt es noch Hoffnung für mich?«

»Hoffnung?« Wanda schüttelte lächelnd den Kopf. »Die spirituelle Reise deines Lebens hat doch gerade erst begonnen.«

Ditz ließ die Schultern hängen. »Aber sehen Sie, ich bin überhaupt nicht gläubig. Ich gehe nicht jede

Woche in die Kirche. Das soll nicht heißen, dass ich heute nicht gern mit Ihnen dort war«, fügte sie noch eilig hinzu. »Aber ich bin das nicht gewohnt. Die Kirche, in die wir in Nashville gehen, ist voll mit den arrogantesten Leuten, die man je gesehen hat.«

»In das Haus des Herrn darf jeder hinein«, bekräftigte Wanda. »Aber gläubig zu sein, heißt nicht, jeden Sonntag in die Kirche zu gehen. Nimm nur einmal mich als Beispiel. In den meisten Wochen sitze ich in meinem schönsten Sonntagskleid in der vierten Reihe von hinten. Aber ich muss nicht in die Kirche gehen, um mit Gott zu sprechen. Manchmal spreche ich mit ihm hier in meinem Haus. Wenn ich in der Küche bin, oder wenn ich etwas nähe. Gläubig zu sein heißt, dir selbst treu zu sein. Dem Weg zu folgen, den du in deinem Leben gehen willst.«

»Ich weiß, dass es nicht so aussieht, so wie ich mich manchmal benehme«, sagte Ditz und schaute Holly beschämt an. »Aber ich respektiere dich und deine Werte wirklich. Du bist immer ehrlich, und du arbeitest so schwer. Manchmal habe ich mich gefragt, wie du das schaffst.« Sie lachte hell. »In Haverty gibt es eine Menge guter Mädchen, dachte ich immer, aber dann traf ich Holly … na ja – Haverty schien mir auch von lauter arroganten Ziegen besucht zu werden, die auf die anderen bloß herabblicken.« Sie schaute wieder zu Wanda hinüber. »Jetzt, nachdem ich hier war, weiß ich besser Bescheid.«

Holly erzitterte vor schlechtem Gewissen. Sie war weder so gut noch so nett, wie Ditz sie sah. Sie arbeitete *tatsächlich* viel, und sie *wollte* immer das Richtige tun, selbst wenn es dann anders ausging. Aber hatte sie sich nicht für die eigene Mutter geschämt? Und für ihre Herkunft? Ihre Wangen brannten.

»Siehst du, jetzt ist dir das schon wieder peinlich. Du kannst einfach kein Lob vertragen«, schalt Ditz sie im Spaß.

»Ich bin nicht so gut, wie du glaubst«, sage Holly leise und sah dabei weder Ditz noch ihre Mom an. Vielleicht begann *ihre* spirituelle Reise auch erst jetzt? Vielleicht war es noch nicht zu spät, damit zu beginnen, ihre Mutter zu ehren, und alles, was sie für sie getan hatte.

Wanda stand auf, ging zu Ditz und nahm ihre Hand. »Meine Liebe, alle, egal wie reich oder arm, müssen Probleme überwinden, ob es Menschen sind oder Situationen oder körperliche Grenzen, die sie erfahren. Du musst deinen eigenen Weg finden, mit ihnen umzugehen. Es ist immer schwer, wenn man Geldprobleme hat, und dieses Mal im Gesicht zu haben, hat mich verändert – nicht wie ich mich selbst sah, aber wie ich andere sah. In vielerlei Hinsicht war das ein Segen.

Und wenn ich ein Problem habe, dann fühle ich mich niemals größer als auf meinen Knien. Aber das ist bloß mein Weg. Und ich habe das Glück, viele gute Freunde zu haben, Freunde, die zu meiner Familie geworden sind.« Für den Bruchteil einer Sekunde war etwas in Wandas Gesicht zu sehen, das Holly nicht deuten konnte. Dann verschwand es wieder und sie lächelte Holly an. »Und ich habe die hübscheste Tochter der Welt.«

Kapitel zwölf

»Ich bringe dir ein Stück mit«, sagte Ditz, als sie mit Ruby hinaus auf die Veranda trat.

»Ein Stück? Ich will den ganzen Kuchen!«, rief Holly ihr lachend nach. Ditz hatte sich in Rubys geröstete Mandeltorte verliebt, und Ruby hatte sie zu sich nach Hause eingeladen, um ihr beizubringen, wie man sie machte. Ditz war ganz begeistert gewesen, und da heute ihr letzter Tag in Biscay war, blieb Holly dadurch ein bisschen Zeit allein mit Wanda.

Aber wenn man bedachte, wie ihre Mom sich aufführte, war Holly nicht sicher, ob das eine so gute Idee war. Ihre üblicherweise eher ruhige Mutter war bereits den ganzen Morgen über unruhig und hektisch gewesen. Als Prinzessin einem vorbeifahrenden Lieferwagen nachgebellt hatte, hatte

Wanda vor Schreck ein Glas zu Boden fallen lassen. Sie hatte sich zweimal mit einer Nadel gestochen. Und sie hatte Ruby etwas zugeflüstert, woraufhin Ruby sie umarmt und gesagt hatte, es würde schon alles gut gehen. Und immer wieder starrte sie Holly an, schaute aber schnell wieder weg, wenn sich ihre Blicke begegneten. Das war alles höchst merkwürdig.

Holly wusste nicht, was los war. Und als Ditz weg war und ihre Mom sie bat, sich mit ihr an den Esszimmertisch zu setzen – einen Tisch, der eigentlich für Ostern, Thanksgiving, Weihnachten und Geburtstagsfeiern reserviert war –, war Holly wirklich besorgt.

»Mom, was ist los?«, fragte Holly ihre Mutter, die ihr gegenüber Platz nahm und die gefalteten nervösen Hände auf den Tisch legte. »Ich weiß, du bist wahrscheinlich sauer wegen des Eltern-Wochenendes, und du bist bestimmt auch traurig, dass ich zurückfahre, aber ich verspreche dir, dass ich bald wiederkomme.« Und das würde sie. Dieser Besuch hatte ihr klar gemacht, wie wichtig die Beziehung zu ihrer Mom war. Wie wichtig es war, dass sie Zeit miteinander verbrachten.

»Das ist es nicht.« Wanda sah aus, als müsste sie sich gegen irgendeinen Schlag stählen. »Ich kann nicht verleugnen, dass mich die Sache mit dem Eltern-Wochenende verletzt hat, aber deshalb muss ich nicht mit dir sprechen. Ich habe dir etwas verschwiegen, Holly Faye. Ich hatte Angst, es dir zu sagen, aber ich kann es nicht mehr länger für mich behalten. Du hast ein Recht, es zu erfahren.«

Der Klang dieser Worte gefiel Holly gar nicht. Was nur konnte ihre Mutter so traurig klingen lassen?

»Vor fünfzehn Jahren kam es zu einem schrecklichen Feuer in ein paar Häusern am Rande von Biscay. Ein Feuer, in dem neunzehn Menschen starben.«

Holly entspannte sich ein wenig. »Schon gut, Mom. Ich weiß von dem Feuer.« Jeder in Biscay wusste davon, obwohl die Erwachsenen nie sonderlich viel darüber erzählen wollten. »Was machst du daraus so eine große Sache? Aus dem dummen alten Feuer?«

Ihre Mutter schluckte. »Lass mich ausreden. Du magst vielleicht geglaubt haben, dass dein Leben manchmal hart war, aber als ich so um die zwanzig war, war es noch viel schlimmer. Ich kam mit meinen Eltern nicht besonders gut klar. Ich will da jetzt nicht ins Detail gehen, aber ich ging von zu Hause weg und mietete mir ein kleines Appartement auf der anderen Seite der Stadt. Ich hatte gerade eine schlimme Beziehung beendet und arbeitete in den meisten Nächten drüben im Haverty Diner als Kellnerin. An einem Freitag gab es wenig Trinkgeld und ich konnte mir den Bus nach Hause nicht leisten. Also ging ich zu Fuß. Und das war genau die Nacht, in der ich die Flammen sah.«

»Du hast das Feuer gesehen?«, fragte Holly und versuchte sich vorzustellen, wie schrecklich das gewesen sein musste.

»Ich war die Erste dort. Die Flammen schossen hoch und die Luft war voller Rauch. Und Angst. Ich konnte Schreie im Haus hören und musste hilflos zusehen, wie die Menschen Fenster einschlugen und versuchten, den Flammen zu entkommen.«

»Oh, Mom«, flüsterte Holly und nahm ihre Hand.

»Durch den Rauch konnte ich eine Frau im zweiten Stock sehen, die hustete und keuchte. Sie schrie etwas und ich versuchte ihre Worte zu verstehen. ›Baby‹, würgte sie immer wieder hervor. ›Baby‹.«

Hollys Magen krampfte sich vor eisiger Angst zusammen.

»Und dann?«, flüsterte sie.

»Es war wie … wie ein Engel, der mich rief. Denn genau in diesem Augenblick, über all das Schreien hinweg, das Fauchen der Flammen und die heiße Asche, die auf mich herabregnete, hörte ich den Schrei, den Schrei eines Babys.« Wanda zwinkerte die Tränen fort. »Es gab nur eines, was ich tun konnte. Ich rannte in das Haus. Ich versuchte, mein Gesicht vor den Flammen zu schützen. Irgendetwas trieb mich durch den Rauch und das Feuer.«

Holly weinte. Plötzlich wusste sie, was ihre Mutter ihr sagen würde. Sie wusste, dass …

»Das Baby war in ein Laken eingewickelt, es lag in einem Körbchen – es war erhitzt, ja, aber es war ansonsten unversehrt. Die Frau hatte versucht, nach unten zu gelangen, aber sie war auf der Treppe ohnmächtig geworden. Ich konnte sie nicht bewegen. Hustend und keuchend nahm ich das Baby auf den Arm und rannte aus dem brennenden Haus hinaus. Ich muss, als ich im Freien angekommen war, ohnmächtig geworden sein. Denn das Nächste, an das ich mich erinnern kann, ist, dass ich im Krankenhaus drüben in Natchez erwachte. Juanita, Ruby und ihr Mann Gordon – damals lebte er noch, Gott sei seiner Seele gnädig – standen an meinem Bett.«

Ich bin adoptiert. Ich bin adoptiert! »Was für ein Wunder, dass du keine Verbrennungen erlitten hast«, schluchzte Holly. »Das muss doch …«

»Aber das habe ich, Holly.« Wanda hob ihre zitternde Hand und berührte ihr Muttermal.

Oh, lieber Gott. Das Muttermal …

Wanda räusperte sich. »Ich musste eine Woche im Krankenhaus bleiben und das Personal dort kümmerte sich rührend um dich.«

Holly konnte kaum sprechen. »Aber was war mit …«

Als könnte sie ihre Gedanken lesen, begann Wanda zu weinen. »Deine leiblichen Eltern starben, Holly Faye. Niemand überlebte das Feuer von Biscay. Niemand außer … außer dir.« Ihre Schultern zuckten, als sie zu schluchzen begann. »Oh, Holly Faye, bitte vergib mir. Ich hätte es dir früher sagen sollen.«

»Dann ist dein Gesicht ... das ist gar kein Muttermal«, sagte Holly langsam. Sie versuchte immer noch zu begreifen, was ihre Mom ihr erzählte.

»Das ist es wohl«, sagte Wanda und schaute mit Tränen in den Augen auf. »Es *ist* ein Muttermal. Als ich dich aus dem Feuer rettete, verbrannte mich eine der Flammen fürs Leben. In dem Augenblick, in dem ich dich in meinen Armen hielt, wurde ich als liebende Mutter wieder geboren.«

Für einen langen Augenblick sagte keine von den beiden etwas. Schließlich fragte Holly: »Aber warum ... ich meine, wie kam ... warum ließen sie mich bei dir? Gab es da keine Gesetze oder Verhandlungen oder so was? Wollte mich denn niemand anders haben?«

»Niemand meldete sich. Über das Feuer wurde im ganzen Land berichtet, und wenn deine Eltern irgendwelche Verwandten gehabt hätten, hätten sie sich sicherlich gemeldet. Als dich niemand haben wollte, sagte der Staat, dass sie dich in ein Heim geben würden. Das konnte ich natürlich nicht zulassen. Rubys Mann suchte mir einen Anwalt aus Hub City und der vertrat mich vor Gericht.« Wanda wischte sich mit der Hand über die Augen. »Gott sei Dank hatten wir einen netten Richter, der entschied, dass, obwohl ich allein stehend und nicht reich war, es dir bei einem gesunden, schwer arbeitenden Elternteil allemal besser gehen würde, als in einem Heim.«

Es war praktisch nicht zu begreifen. Sie war ein Waisenkind. *Genau wie Mrs. Hale gesagt hatte.*

»Juanita und Ruby suchten mir ein von der Kirche geleitetes Haus für allein erziehende Mütter, in dem wir die erste Zeit verbrachten. Als ich drei Monate später mit einem gesunden Mädchen nach Hause zurückkehrte, kursierten ein paar Gerüchte und einige schauten mich im Gemüseladen schief an, aber auch das gab sich bald. Alle glaubten zu wissen, was geschehen sei, und wir haben es niemandem erklärt.«

»Juanita und Ruby. Sie wussten es?«, fragte Holly, die gar nicht glauben konnte, was für gute Freunde ihre Mutter hatte.

»Ja, Schätzchen. Der gesamte Nähzirkel weiß Bescheid. Als du noch ein Baby warst, haben sie geschworen, niemals ein Sterbenswörtchen zu verraten, und sie haben sich daran gehalten. Aber seit langer Zeit drängen sie mich, dir die Wahrheit zu sagen.« Wanda ging unsicher zum Sideboard hinüber und holte ein alte Kladde aus einer der Schubladen. »Ich habe alle Zeitungsausschnitte über das Feuer aufgehoben, ebenso wie die Unterlagen vom Gericht. Es ist alles hier, falls du es lesen möchtest.«

»Mein Geburtstag«, sagte Holly plötzlich und starrte ihre Mutter an. »Woher wusstest du, dass mein Geburtstag am Weihnachtsabend ist?«

»Die Ärzte haben geschätzt, dass du ungefähr einen Monat alt warst, als ich dich in dieser schrecklichen Januarnacht rettete. Wir fanden, es könnte kein größeres Weihnachtsgeschenk geben, als ein Baby. Und als ich auf einigen Formularen deinen Geburtstag eintragen musste, zögerte ich nicht anzugeben, dass du am Weihnachtsabend zur Welt gekommen bist.«

Holly umklammerte die Tischkante.

»Noch etwas«, sagte ihre Mutter mit brüchiger Stimme. »Die Perlen – die Perlenkette, die ich dir geschenkt habe?«

»Ja?« Holly hatte sie fast vergessen. Die Schachtel lag in ihrer Kommode in der Schule.

»Als die Krankenschwestern im Krankenhaus dich aus deinem Laken wickelten, fanden sie ebenfalls darin die Schachtel eingewickelt.« Wanda schluchzte etwas lauter. »Es war, als wollte deine Mama auf irgendeine Weise für dich sorgen. Ich habe dich angelogen, als ich dir sagte, dass ich sie bei Gower's gekauft hätte, Holly. Es sind echte Perlen und sie sind viel Geld wert.«

Holly schluchzte erstickt. *Meine leibliche Mutter und mein Vater sind tot. Die Person, die ich für meine Mutter gehalten habe, ist es gar nicht ... ich wäre fast in einem Feuer umgekommen und wurde von der tapfersten Frau der Welt gerettet ... ich bin adoptiert ... geflüsterte Gerüchte ... das Muttermal ... die Narbe ... die Perlen ... echte Perlen ... Haverty ... Scham ... sie liebt mich ... sie liebt mich ... sie liebt mich* ... Es war alles viel zu viel.

Holly würgte ihre Tränen hinunter, stieß ihren Stuhl zurück und floh auf ihr Zimmer. In ihrem Kopf drehte es sich und ihr Herz tat vor lauter Liebe und Schmerz über das, was sie gerade erfahren hatte, weh.

Sie ahnte nicht, dass ihrer Mutter das Herz ebenso wehtat.

Als Holly und Ditz zum Bus zurück nach Haverty aufbrachen, konnte Ditz Wanda gar nicht lange genug umarmen, und sie schien überhaupt nicht zu bemerken, wie unsicher sich Holly und ihre Mom voneinander verabschiedeten.

6. April

Liebes Tagebuch,

ich habe es getan. Ich habe ihr das Herz gebrochen.

Und meines ebenfalls.

Als sie mich zum Abschied küsste, bevor sie den Bus nahm, wusste ich einfach nicht, was ich noch hätte sagen sollen. Herr, du hast mir die Kraft gegeben, jetzt hilf mir, meinen Glauben zu bewahren, dass ich für immer eine geliebte Tochter haben werde.

Als der Bus aus Biscay hinausfuhr, wischte sich Holly eine einzelne Träne von der Wange.

»Logisch, dass du traurig bist, dass wir fahren, aber du siehst deine Mom doch bald wieder«, sagte Ditz und streichelte ihr über den Arm. Da erzählte Holly Ditz die ganze Geschichte.

»Wow«, sagte Ditz am Schluss mit weit aufgerissenen, leuchtend blauen Augen. Dann noch einmal: »Wow.«

Die Tränen liefen Holly einfach über das Gesicht, wie sehr sie auch versuchte, sich zusammenzureißen. Diese unglaubliche Geschichte ihres Lebens war noch so frisch und neu, dass es sogar schmerzte, wenn sie bloß darüber sprach.

»Ich kann gar nicht glauben, dass ich adoptiert bin«, flüsterte Holly, während der Bus über den Highway rauschte. »Dass meine Mom nicht ... meine Mom ist.«

Ditz legte den Arm um Holly. »Machst du Witze? Sie ist sehr wohl deine Mom. Sie und du, ihr habt eine unglaubliche Beziehung, selbst wenn ihr nicht dieselben Gene in euch tragt.« Ein schiefes Grinsen erschien auf ihrem Gesicht. »Ich hab die Nase meiner Mutter und die großen Füße meines Vaters, also bin ich ganz bestimmt nicht adoptiert. Und wie gut komme ich mit ihnen klar? Gar nicht.« Sie hob die Schultern. »Aber nachdem ich mit deiner Mom geredet habe, werde ich versuchen, das zu ändern. Ich werde mit meinen Eltern ehrlich sein und ihnen sagen, wie ich mich fühle.« Sie schaute zum Fenster hinaus. »Ob du adoptiert bist oder nicht, ist völlig egal, wenn du in deinem Herzen die Liebe spürst.«

»Aber was in meinem Herzen war, ist schrecklich!«, platzte Holly heraus, so dass sich sogar ein paar andere Fahrgäste nach ihr umdrehten. »Ich habe mich immer so geschämt, wenn die Leute meine Mom anstarrten, wenn sie dieses hässliche rote Muttermal sahen – und dann stellt sich heraus, dass sie das Mal bekam, als sie mein Leben rettete. *Meinetwegen* hat sie die Narbe, Ditz. Es ist alles meine Schuld.« Sie begann wieder zu weinen. Holly war so wütend auf sich selbst. *Wie konnte ich mich nur so für meine Mutter schämen? Sie hat mich immer mehr geliebt als alles andere auf der Welt.* Wanda hat ihr Leben riskiert, um ein Kind zu retten, das niemanden mehr hatte.

Eine kleine verwaiste Stipendiatin.

»Liebst du sie?«, fragte Ditz sanft.

»Mehr, als ich jemals wissen könnte«, schluchzte Holly, der ganz egal war, wie verheult sie aussah.

Ditz griff in ihre Tasche und reichte Holly ein Taschentuch. »In Ordnung. Dann werden wir uns etwas ausdenken, was ihr das auch beweist. Etwas, das sie nie vergessen wird.«

»Was denn?«, schniefte Holly.

Ditz schwieg ein paar Sekunden. Dann schnipste sie mit den Fingern. »Die alljährliche Veranstaltung zum Muttertag von Haverty. Das ist immer eine große Sache. Sie übertragen sie immer live in der *Haverty Talentstunde*, und Frank Shepherd versucht jedes Mal, ein größeres und besseres Talent zu präsentieren als im Jahr zuvor. Ein Talent, wie es noch nie jemand zuvor gehört hat ...«

Ditz' Augen begannen zu glitzern. »Zum Beispiel, dass eine aus der Sophomore-Klasse singt. Natürlich müsste sie eine unglaubliche, mehrere Oktaven umfassende Stimme haben.«

Holly hielt die Luft an. »Glaubst du, es bestünde eine Chance ...«

»Wozu hat man denn Fäden, an denen man ziehen kann, wenn man es nicht dann und wann tut?«, sagte Ditz und grinste, als sie ihr Handy aus der Tasche holte. »Ja. Ich hätte gern die Nummer von Dr. McSpaddens Büro an der Haverty School of Music«, sagte sie wichtig in den Hörer. Holly sank in ihren Sitz zurück, die ganzen Gefühle des Tages wirbelten wie ein zwitscherndes Vögelchen durch ihr Herz.

Kapitel dreizehn

»LIVE AUS DER Haverty School of Music and the Performing Arts in Hattiesburg, Mississippi, sehen sie die *Haverty Talentstunde*, eine einstündige Veranstaltung mit den besten jungen Musikern der besten Musikschule im Süden. Die heutigen Auftritte sind ganz besondere, denn sie ehren all die wundervollen Mütter in diesem unserem Land. Und schon … geht's los!« Ein Mädchen trat ans Mikrofon und begann ein klassisches Flötenstück zu spielen, während Frank Shepherd noch von der Bühne eilte.

Holly stand am Rand. Sie versuchte, trotz aller Aufregung ruhig zu bleiben. Heute würde zum ersten Mal in der fünfundzwanzigjährigen Geschichte der *Haverty Talentstunde* ein Haverty-Sophomore singen – und das auch noch in der Sendung zum Muttertag.

Holly Faye Lovell.

Nachdem Ditz an ihren Fäden gezogen hatte, und Holly tatsächlich von ihren Lehrern nominiert worden war, war sie zum Vorsingen in das Produktionsbüro der Fernsehleute gebeten worden. Nicht nur, dass man sie einstimmig ausgewählt hatte, sie in der Sendung am Muttertag auftreten zu lassen, es wurde auch noch entschieden, dass sie mit ihrem Gesang die Sendung schließen sollte.

Ditz war mit ihr das unglaublichste Kleid kaufen gegangen, das sie je gesehen hatte. Es war ein pfirsichfarbenes Seidenkleid mit eng anliegendem Body und einem bauschigen Taftrock. Holly war der Mund offen stehen geblieben, als die Verkäuferin den Betrag nannte, aber Ditz hatte nicht einmal mit der Wimper gezuckt. »Das ist nichts im Vergleich zu dem, was du für mich getan hast«, hatte sie ganz vergnügt gesagt. Es fehlten nur noch Schuhe, Strümpfe und Ohrringe ... und das Armband von Tyler ... und die echten Perlen.

Jetzt saß Ditz im Publikum, zusammen mit Wanda, Juanita, Ruby, Annabel und Tyler, und sie warteten alle gespannt auf Hollys Auftritt. In Hollys Magen flatterten Schmetterlinge, als sie an all die Leute dachte, die dort draußen saßen, und insbesondere an die sechs Menschen, die ihr so viel bedeuteten.

Für eine Weile konnte sich Holly auf die anderen Auftritte konzentrieren, sie genoss den Klang der Geige eines Jungen und wippte im Takt der Fidel eines wieder anderen Jungen. Und bevor sie wusste, wie ihr geschah, war sie auch schon selbst an der Reihe.

»Alles klar?«, fragte ihre Gesangslehrerin Natalie Edwards.

»Klar«, entgegnete Holly. *Herr, bitte lass mich meine Stimme so einsetzen, wie du es dir gedacht hast. Und bitte lass meine Mom und die, die ich liebe, stolz sein.*

Holly straffte die Schultern und atmete tief durch. Dann ging sie geradewegs über die Haverty-Bühne, genauso wie sie es bei den vielen anderen Gästen im Fernsehen gesehen hatte.

»Guten Abend«, sagte sie mit klarer, zuversichtlicher Stimme. »Mein Name ist Holly Faye Lovell und ich bin aus Biscay, Mississippi. Heute Abend werde ich *The Wind Beneath My Wings* singen. Ich widme das Lied meiner Mutter, Wanda Jo.«

Als das Orchester zu spielen begann, sang Holly die ersten Worte des Liedes, eines ihrer Lieblingslieder. Sie waren ihr so vertraut, dass es klang, als würde ihre Stimme sie streicheln – jeder einzelne Ton war voller Zärtlichkeit.

Erinnerungen an andere Tage und andere Lieder kamen ihr in den Kopf. Wie sie mit ihrer Mom in der Badewanne sang, als sie noch klein war ... wie sie auf der Schaukel auf der Veranda sangen ... wie sie im Wagen fröhlich Lieder summten ... wie sie im Hinterhof in einer mondhellen Sommernacht harmonisierten.

Musikalische Erinnerungen, die in ihrem Herzen Sehnsucht aufkommen ließen, nach all der Liebe, die ihre Mutter für sie empfand, nach all dem, was sie ihr gegeben hatte.

Das Orchester hinter ihr wurde lauter.

»›Did I ever tell you, you're my hero?‹«, sang Holly, und dann entdeckte sie ihre Mutter im Publikum. Ihre Stimme wurde tiefer und flog schon kurz danach umso höher. Die Musik ging ihr durch und durch, der Text war so wahr, die Melodie so schön.

Ditz hatte gesagt, sie müsste sich etwas ausdenken, das beweisen würde, wie sehr Holly Wanda liebte. Etwas, das Wanda niemals vergessen würde.

Und als Hollys Stimme in den Maihimmel über Mississippi aufstieg, wusste sie, dass sie einen Treffer gelandet hatte.

Als sie geendet hatte, begann das Publikum zu applaudieren. Die Leute standen auf und der Beifall brandete auf die Bühne. Holly hatte keine Ahnung gehabt, dass Menschen so laut klatschen konnten. Es gab einen Augenblick, einen winzigen Augenblick, in dem der Beifall die unnachgiebigen, festen Wände, die seit einem Jahrhundert hier standen, zu erschüttern schienen.

Holly wurde beinahe ohnmächtig, als Frank Shepherd auf sie zukam. Das war nun wirklich etwas Unglaubliches. Frank Shepherd sprach nie mit einem der Schüler, wenn er ihn nicht wirklich für besonders gut hielt. Nur die besten Künstler der *Haverty Talentstunde* hatten die Gelegenheit, mit ihm nach ihrem Auftritt auf der Bühne zu sprechen.

Sie versuchte, so normal auszusehen, wie ein

fünfzehnjähriges Mädchen das eben konnte, nachdem es gerade das erste Mal im Fernsehen aufgetreten war.

»Das war einer der großartigsten Auftritte, die wir jemals hier auf der Haverty-Bühne erleben durften!«, lobte Frank Shepherd und nahm ihre zitternden Hände in seine. »Ist das nicht eine großartige junge Dame?«, frage er das Studiopublikum, das nun auch noch zu rufen begann.

Holly hoffte sehr, dass ihre Knie nicht nachgaben, als der Kameramann heranzoomte. »Vielen Dank, Mr. Shepherd.«

Frank Shepherd deutete auf die Perlenkette, die sich um ihren Hals schmiegte. »Ist diese hübsche Kette ein Geschenk für diesen speziellen Auftritt?«, fragte er und wandte sich dann mit ehrlichem Erstaunen an das Publikum, »denn immerhin ist Holly Faye Lovell die jüngste Teilnehmerin, die jemals in der *Haverty Talentstunde* zu sehen war.«

Noch mehr tosender Applaus.

Holly schaute sich um, sie blinzelte in das helle Licht, bis sie noch einmal Wanda erkennen konnte. »Diese Perlen sind ein Geschenk von meiner Mama.« *Von meinen beiden Mamas.*

Frank Shepherd sah aus, als sei er zufrieden, dass er richtig geraten hatte.

Holly atmete einmal tief durch. »Und ich weiß, dass sie teuer sind, aber sie sind nicht das größte oder wichtigste Geschenk, das ich bekam. Das größte Geschenk ist das Geschenk der Liebe ... und des Lebens.

Jeder hat eine Mutter«, sagte Holly zum Publikum gewandt. »Und ich denke, jeder hofft und wünscht, dass seine die Beste ist, aber meine ist es wirklich. Wirklich. Ich liebe dich, Mom«, schaffte sie noch zu sagen, bevor sie sich die Tränen von den Wangen wischen musste.

Frank Shepherd räusperte sich. »Holly Faye, du bist ein ganz besonderes Mädchen. Ich denke, da wir heute unsere besondere Muttertagssendung haben, wäre es nur richtig, wenn Ms. Wanda Lovell zu ihrer wunderschönen Tochter auf die Bühne kommt.«

Ein Helfer begleitete die zitternde Wanda die Stufen hinunter und bis in Hollys Arme. Das Publikum war begeistert. Holly umarmte ihre Mutter und Wanda umarmte sie.

Und als die Kamera näher heranzoomte, wusste

Holly, dass die Linse die rechte Seite von Wandas Gesicht aufnahm, die Seite mit dem Muttermal. Aber das war gleichgültig, denn immerhin war dieses Muttermal das, was ihre Mutter zu der schönsten Frau auf der ganzen Welt machte.

Die Liebe ist auf der ganzen Welt die Sprache der Herzen, aber insbesondere in kleinen Südstaaten-Städtchen. Biscay, Mississippi, ist da keine Ausnahme. Die Liebe zeigt sich in ernst gemeinten Umarmungen und Küssen, sie strahlt über Blumen, bunte Wiesen und schimmernde Seen. In Biscay dreht sich die ganze Welt um die Liebe.

Die Menschen sind eben, wie sie sind, haben ihre Hoffnungen und Träume, ihren Glauben an die Liebe und ein Glitzern in den Augen … Vor allem die, die in Biscay, Mississippi, geboren werden.

Danksagung

WIR MÖCHTEN UNS BEI ALLEN BEDANKEN, die unseren Traum, zusammen ein Buch zu schreiben, haben wahr werden lassen. Danke an Jamie, Bryan und Jamie Lynn dafür, immer da gewesen zu sein, an Reggie, Sandra, Laura Lynne, Jill, Kelly, Courtney, Jansen und unsere ganze liebe Familie und unsere Freunde in Kentwood und in der ganzen Welt; Larry, Johnny, Fe, Big Rob, Theresa, Renee, Bert, David, Dean, Kim, Lisa, Dan und Mark – ihr wisst, dass wir es ohne euch nicht geschafft hätten! Ganz besonderer Dank gilt unseren großartigen Lektoren Beverly Horowitz und Wendy Loggia sowie John Adamo, Paula Breen, Kathy Dunn, Saho Fujii, Judith Haut, Liney

Li, Erica Moroz, Pete Muller, Janet Parker, Barbara Perris, Rebecca Price, Tamar Schwartz, Audrey Sclater, Andrew Smith, Naná Stoelzle und Craig Virden bei Delacorte Press sowie Claire Giobbe und Matthew Miller … ihr habt alle so viel getan und wir wissen es wirklich zu schätzen.

Tania Kindersley

Auf immer, nicht ewig

Bunt, exzentrisch, unwiderstehlich!

Nachdem die brave Ash ihre beste Freundin zu Beginn des Studiums kennen gelernt hat, taucht sie immer tiefer in Virges bunte Welt und ihren wilden Freundeskreis ein, der nur so wimmelt von Künstlern und Chaoten, die das Leben wie ein Abendessen mit Oscar Wilde feiern: perfekt inszeniert, voller Spaß und großer Gedanken – und doch zum Scheitern verurteilt, wenn das wahre Leben sie wieder einholt…

»Dieser Roman ist so traurig, dass man ihn sich einfach zu Herzen nehmen muss, und steckt voller Weisheit.
Er ist einfach *sehr* gut.«
The Times

Andreas Merkel

Große Ferien

Die kurze Geschichte eines langen Sommers

Leo Zoraster, genannt Zorro, ist siebzehn Jahre alt und hat ein großes Problem: Er ist verliebt. Verliebt in Sara. Sara ist so wunderbar, dass man sie nur einmal ansehen muss, um gleich Kopf, Herz und Verstand zu verlieren. Aber sie ist mit einem anderen zusammen, und Zorro, der Fußballspieler, Biertrinker und Nachdenker, hat keine Chance. Das ist ungefähr der Stand der Dinge, als die großen Ferien beginnen …

Knaur Lemon